講談社文庫

永遠《とわ》の旅人 天地の理《ことわり》

中村ふみ

講談社

目次

永遠の旅人《とわのたびびと》 天地の理《てんちのことわり》

登場人物

イラスト／六七質

那《な》 兪《ゆ》

天令。天の意思を地上にもたらす御使《みつか》い。飛牙に肩入れしたため天に戻れない。

飛《ひ》 牙《が》

徐《じょ》の元王様。当時の名前は寿白《じゅはく》。長い放浪生活ですっかりやさぐれてしまった。

裏《り》雲《うん》

飛牙の乳兄弟。禁を犯して黒翼《こくよく》仙《せん》になった。

邁《まい》紗《しゃ》

堕ちた天令。宥韻《ゆういん》の大災厄を引き起こした。

醐《ご》拾《しゅう》

元庚王石嵩徳《せきすうとく》の弟。庚王に処刑されかかり逃亡。

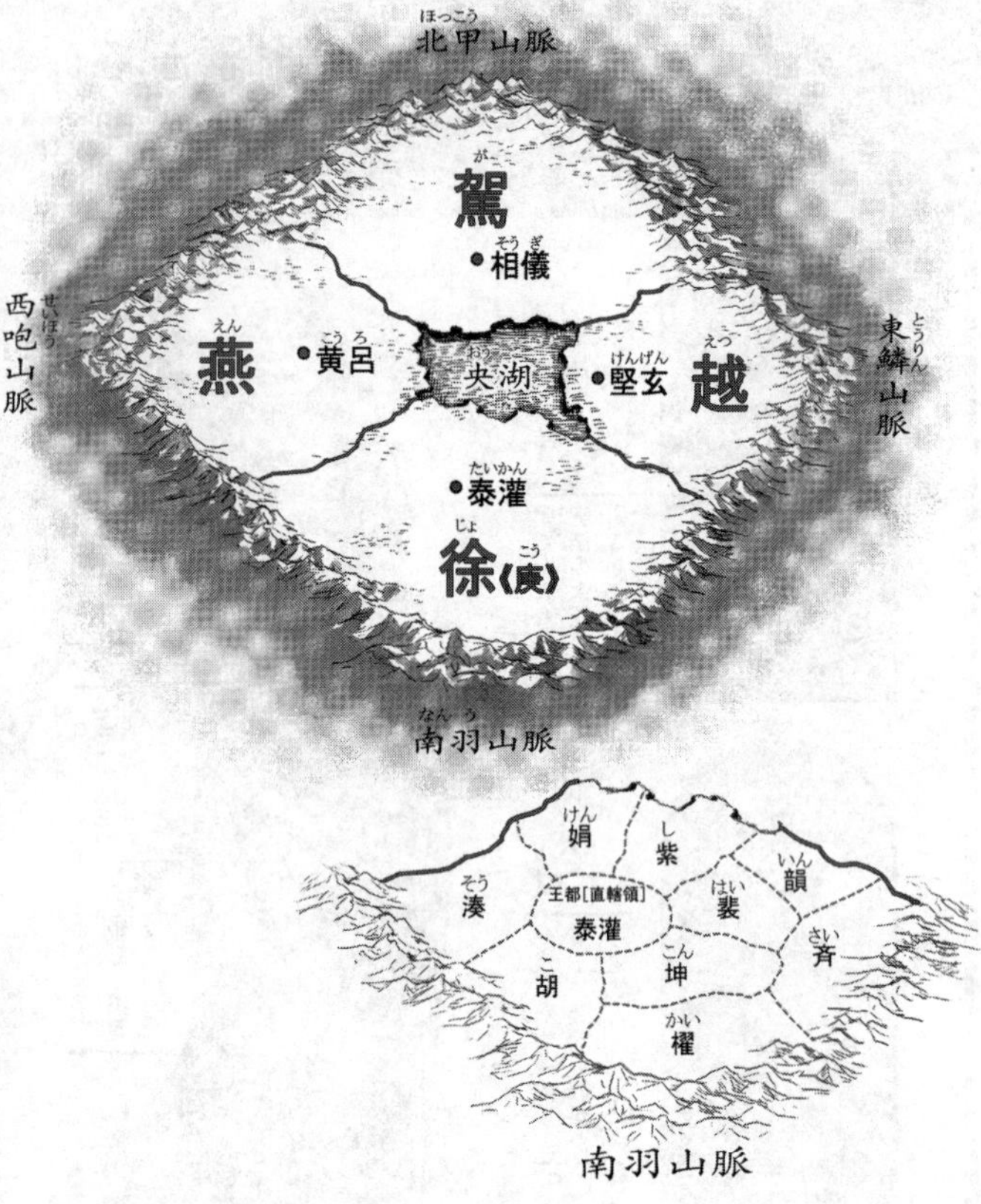

地図作成・
イラストレーション／六七質《むなしち》

永遠《とわ》の旅人　天地の理《ことわり》

地があればこそ天がある。

見上げる者がいればこそ――そう考えた天令《てんれい》がいた。

間違っていたのか、今もわからない。歩いて治して授けて、まだ答えは出ない。それでもこの身に変化は感じていた。

いつか終わるだろうか。

この罪は浄化されるだろうか。

この存在はなんのために未《いま》だあるのか。


日々届かない祈りを捧《ささ》げよう。天下《てんげ》四国《しこく》に幸あれ、と。

この地を二度と災厄が襲わないように、と。

第一章　英雄の帰還

一

東西南北にそれぞれ国があり、天を支える柱となる。

それが天下四国《てんげしこく》。南にある徐《じょ》国から英雄が生まれた。憐れにも山賊に親を殺され、追われ続ける悲しい日々。幼い英雄王を守るべく兵たちは勇猛果敢に戦い続けるが、その数は減っていく。

ついに残るは英雄王のみ。

少年に何ができるであろうか。血を流し、泥水をすすり、艱難辛苦《かんなんしんく》を乗り越えて少年はそれでも進む。

ああ、なんと無慈悲な運命であろうか。

その瞳涼やかにして、前しか見ず。やがて頼もしい青年となった英雄王は父母の敵《かたき》を討ち、国を山賊王から取り戻すべく立ち上がるのであった。

その名は寿白《じゆはく》。

英雄王寿白。

徐国の誇り。

べべんべべん。月琴をかき鳴らす。ここからが本当の見せ場らしい。奏者は固く目を閉じ、陶酔したように演奏していた。

観衆は次の展開がわかっているらしく、大盛り上がりを見せていた。

「……こっちが恥ずかしくなる」

思わず飛牙《ひが》は呟《つぶや》いていた。

集まった観衆を遠目に眺め、頭を掻《か》いた。もはや聴いていられなくなって踵《きびす》を返す。傍らでは裏雲《りうん》が腕を組み、黙って様子を見つめていた。これから美少年と美青年の従者が出てくるのだ。

「新作の駕《が》国編《こくへん》もあるらしい。聴かなくていいのか」

「どうせ俺が両手から炎を噴き出させ、氷骨《ひようこつ》の群れを倒すんだろ。駕国の王都では英雄王寿白を讃《たた》える歌を民たちが涙ながらに高らかに唄うっていう」

もう想像がつく。寿白はすっかり人間離れした存在になっていた。

徐国を取り戻した寿白は、燕《えん》に行っては恋に戦いに大活躍。越《えつ》に行っては大叔母の正王后《せいおうごう》を支え、暗魅《あんみ》の群れから国を護《まも》る。駕においては国王夫妻も民も守りきった無双の英雄ぶり。

身の丈六尺半の体軀《たいく》と精悍《せいかん》な容貌を持つ、天が認めた天下四国の英雄王。

「徐ではもう娯楽の演目として定番になっている。絶大な人気だ」

〈美青年の従者〉はおのれの陰謀の成果に満足しているらしい。英雄寿白の噂《うわさ》を流し、ここまで広めたのは裏雲と言っていいだろう。

「これなら四国を統一できるかもしれない」

「海鳴《かいめい》みたいなこと言うなよ。一国でもあれだけ面倒くさいこと、なんで丸ごと」

居心地が悪いったらなかった。何一つ護れず、異境まで逃げた男がこんなに祭り上げられていいはずがない。騙《だま》されるな、と叫びたいくらいだ。

「裏雲のせいだ」

涼しい顔の色男にぼやきたくもなる。

「世論を操るのは大事なこと。殿下を王にしたかった」

「期待に添えず申し訳ねえ。でももう、諦めてくれたんだろ」

「実際に王になれば雑務に追われ、不満のはけ口となるだけだ。だが、語り継がれる伝説は穢《けが》れない。これはこれでよいと今は思っている」

苦労をかけた裏雲の心に適《かな》ったのなら、それもよい。黒い翼になって十年が過ぎても尚《なお》こうしていられるのだから、いんちき英雄譚《たん》の一つや二つ安いものだ。

「でも話に尾ひれどころじゃないぞ、あれ。燕なんて別に寿白は何もしてないのに、内乱を体張って食い止めたことになっている。そのうえ、王女の子は寿白が父親ってことになっている。燃え上がる恋のくだりはやんやの騒ぎだ」

「事実そのとおりではないか。何が不満だ」

「裏雲がそこらへんまで噂を流したわけじゃないだろ。妄想の創作なのに、なんでそこだけ当たってるんだよ。いや、あんなに俺、情熱的だったことないし、天下の大恋愛って」

かすっているところもあるだけに顔から火が噴く。

「そうだ。殿下ならもっと気楽に何も考えず、まあいいかと言いながら、あっさり懇ろになったのだろう。そういう雑な男だ。そこは私も大いに不満なのだが、愛だの恋だのを絡めたい大道芸人によって勝手に想像され、あんなことに。すっかり温《ぬる》い話になってしまった。無駄に妻子の素性だけ当たってしまったのが腹立たしい」

言葉の端々に棘《とげ》がある。裏雲の中では甜湘《てんしょう》と夫婦になったことが未《いま》だ完全には消化できていないのではないか。

「たぶん、信じちゃいないだろ。娯楽娯楽」

機嫌が悪くなる前に急いで裏雲をなだめる。

「娯楽でも半分くらいは期待して信じるのが大衆だ」

「なら寿白殿下には退場してもらわないとな。襤褸《ぼろ》が出る」

せっかくの英雄物語に軽佻浮薄《けいちょうふはく》な本人が水を差したくない。

ここ徐国娟郡《けんぐん》の郡都小娟《しょうけん》は燕との国境からわずか十里ほどしかなく、燕に旅する商人などは必ず立ち寄る街である。そのため人の往来は多く、活気に溢《あふ》れていた。こうした演目のネタには燕の十二代尚真女王の悲恋物などが取り入れられているという。そのせいもあってか、今では玉座を捨て、恋人と逃げた尚真女王を悪く言う者は減ったらしい。

物売りの声に子供の歓声、やはり街というのはこうじゃなきゃいけない。

大道芸人の声が聞こえなくなるところまで歩くと、飛牙は汗を拭った。冬の終わりだが、やはり徐は暖かくてよい。

「退場したいのか」

「ん……いや、頑張る。目的があるからな。天に認めさせないと。俺の観衆は天だ。でもさ、世の中としては何事もなければそれが一番なわけで」

つい裏雲の羽のことを忘れてしまいそうになるが、いつでも黒い翼を広げられるのだ。

「天は甘くない。だが、少しでも長く一緒にいられることには感謝している」

しみじみと言って、裏雲は空を見上げた。

「やばいことが起きるのを期待するわけにはいかない。だが何もなければ天と交渉もできない。それだよなあ。那兪《なゆ》もいないから、そのすべもない。どうしたもんかな」

あの天令《てんれい》は今頃どうしているものやら。

「まずは王都に行くのだろう」

「道端であんな芸が見せられているとなると行きにくいな。都だと俺たちの顔を知る者も多少いるだろうし。なんかかぶり物でもして……おっ」

なにやら通りの向こうで大捕物が始まったようだ。

何かを抱え走り去る男を追いかける衛兵たち。真っ昼間からなかなかの見物だ。

「面白そうだ。行こうぜ」

「これだから殿下は。また巻き込まれるのがおちだ」

冷静に止められたが、好奇心は抑えきれず飛牙は衛兵たちのあとを追った。仕方なく裏雲がついてくる。

賊は一人のようだったが、鮮やかなものだ。かなり逃げ慣れている男とみた。屋根に登ったかと思えば、路地を走り抜ける。兵たちは攪乱《かくらん》されていた。

「これは……思ったよりも大きなことがあったようだな。追っ手が百人を超えている」

兵たちの表情は本気だった。民を掻き分け、槍《やり》や弓を持ち全速力で街を駆けてゆく。追われているのは大罪人とみた。見失ったのか、兵たちは号令を出し分散した。

「何があった?」

飛牙は一度立ち止まり、露天商の男に尋ねた。

「太府屋敷《たいふやしき》に賊が入ったらしい。何を盗んだものやら」

「おお、盗賊か。やるな」

似たようなことをして生きてきただけに、飛牙としてもついそちらのほうに共感してしまう。

「英雄王が盗人《ぬすっと》に共感してどうする」

「南異境じゃ疾風《はやて》のヒガと呼ばれたもんよ。狙った獲物は——よし、あっちだ」

飛牙は兵たちよりも先に逃げる男を見つけた。途中調達したらしくちゃっかり灰色の外套《がいとう》を着ていたが、間違いない。顎に髭《ひげ》のある三十半ばほどの大柄な男だった。

(得物は剣か)

布にくるみ外套の下に隠してはいたが、その形状から見て大剣だろう。太府屋敷には宝剣でもあったのかもしれない。

「どうやら盗まれたのは玉剣《ぎょくけん》らしい」

裏雲の肩に猫が乗っていた。宇春《うしゅん》が素早く調べてきてくれたようだ。

「玉剣ってもしかして」

「そう、朱雀玉《すざくぎょく》の欠片《かけら》が埋め込まれた剣だ。殿下の口車に乗せられ、亘筧《こうけん》陛下が玉を十の欠片にしたという。それぞれの郡が玉剣として賜った」

「そんなものが盗まれたのか」

「王宮の奥深くで護られていればこそ玉はそういった災難に遭うこともなかった。誰かさんの考えなしのせいで預かったほうも大変だろう」

「なるほどなあ、そういうこともあるわけだ。なら、責任とって取り戻すわ」

王都と違い壁に囲まれているわけではない。どこからでも街を出ていける。盗賊は一人ゆうゆうと街の外に出ていった。兵たちはまだ街中を走り回っている。

「追うぞ」

「やっと街についたと思ったら」

騒然とする街を離れ、飛牙と裏雲は盗賊のあとを追った。


春の兆しが見え始めていた。

梅はすでに咲いている。街道に桃の花が彩りを加えるまで、あと少し。

央湖《おうこ》のほとりで寒い冬をしばし二人で過ごし、ようやく降りてきた国はやはり祖国であった。

一度は滅んだ徐国。山賊の頭目に国を奪われ、その後十年は圧政に苦しんできた国。今は少しはましになっただろうか。取り戻した甲斐《かい》はあっただろうか。

旅をしながらも飛牙はずっと気に懸けていた。幼い弟に玉座を押しつけてきたのだから、多少は申し訳ない気持ちもある。

徐から燕、燕から越、越から駕へと旅をし、国の政変にそれなりに関わってきた。玉座になどついている場合ではなかった。

黒翼仙《こくよくせん》になってしまった裏雲を死なせないために。そして共に旅をしてくれた天令の未来のために。そうしたい自分のために。

天下四国を回っても、未だその願いは叶《かな》っていない。何か方法があるのかもわかっていない。

「このあたりまで来たことあったな」

目の前に広がる山河を眺めながら飛牙は思い出していた。

徐が倒れて四年ほどの間、国中を逃げ回っていた。越への亡命を諦め、燕に潜り込むことはできないか趙《ちょう》将軍も模索していた頃だ。紫《し》郡から娟郡を抜け、湊《そう》郡を目指していた。

央湖の付近に身を潜めていたときは皆疲れ切っていた。なにしろ央湖といえば冥府のようなものと考えられているのだから、この世でもっとも近づきたくない場所だ。

実際、黒い央湖は病んだ心を誘ってきた。自らそこに身を投げた兵のことは忘れることができない。

『役にたてず申し訳ございません』

飛び込む最期まで謝って死んでいった。

亡骸《なきがら》は二度と浮かび上がってこないという。落ちた行き先がどこなのか誰も知らない。世界の絶望の穴だった。

(みんなおかしくなっていた)

趙将軍が時折残してきた我が子を思い、涙をこらえていたのも少年寿白は知っていた。その子悧諒《りりょう》を寿白の影武者として城に残してこなければならなかった父の想《おも》いはいかほどのものか。共に死を覚悟していたはずだ。

「燕にも入れなかったか」

「巻き込まれるのを恐れて燕も越も蟻《あり》一匹通さなかっただろうよ。将軍は西咆《せいほう》山脈を越えることも考えたようだが、魔物が多い時期と聞き、それもできなかった。すでに兵も少なく、俺を守り切れる自信がなかったのだろう」

父親の話が出ると、裏雲はせつなく息を吐く。

「我ら親子の目的は寿白殿下を最後まで守り抜くことだった。今、父は冥府で何を思うのか……いや、こんな話はやめよう。盗賊を追うのではなかったか」

盗賊は央湖を囲む山に逃げ込んだようだ。結局来た道を逆戻りしている。裏雲もまさかここまで追うことになるとは思わなかっただろう。

「この山となると面倒だな。なにしろ暗魅だらけだ。人が入っちゃいけないだろ」

「ここで暮らせるなら相当腕に覚えがあるか、術師か。捕まえてどうする気だ。英雄として軍に差し出すのか」

「そこまで考えてない。会って、話して、考えようや」

裏雲は困ったように頭を振った。

「王兄殿下よ、今度は盗賊と関わるのか。すでに燕では夫殿下、越では義兄殿下、駕でも名誉殿下だ」

「名誉殿下はよけいだよなあ。駕国の蒼波王《そうは》にもそういうのはいいって言ったのになんでやるかなと思う。駕国にも自由に出入りできるようにはなったが」

「蒼波王からすれば救国の英雄だ。せめて称号の一つも贈りたいだろう」

駕国はこれからの国だ。事実上、初めて始祖王から二代目に移ったようなもの。うまくいけばいいが、極寒の国の問題が消えるわけではない。

「わかってる。でもなあ、寿白が重いんだよ。よしよし、戻ってきた」

待ってました、と上げた片手に鳥が留まる。

あくせく走って追いかけなくても済むように、ちゃんと鳥を飛ばしておいた。獣心掌握術はこういうときこそもっとも役にたつ。始祖王蔡仲均《さいちゅうきん》が得意とした使い方だ。

「鳥の人花《じんか》がほしいのはこういうときだな」

「そんなこと言ってたら、懐《ふところ》の猫と蜥蜴《とかげ》が拗《す》ねるぞ」

裏雲の懐には子猫が、飛牙の懐には蜥蜴が潜り込んでいる。どちらも裏雲が使役しているが、後輩の蜥蜴は遠慮してもっぱら飛牙に張り付いていた。

「じゃ、案内してくれるか。盗賊のねぐらに」

鳥は山鳩《やまばと》の一種だろう、また宙に浮くと央湖の方角へゆっくりと飛んでいく。途中、枝に留まって待ち、確実に案内役をまっとうしてくれるだろう。この役目が終われば、ただの鳥に戻る。

「またここか」

裏雲は郡都で新調したばかりの着物が汚れるのが嫌なようだった。常に綺麗《きれい》にしていたい男には央湖の山に戻るのは気が進まないことだろう。

「いっそ自ら飛んでいきたいが、黒翼仙では目立ちすぎる」

「翼はしばらく隠しておけ。なるべく人として動いていたほうがいいような気がする」

これはあくまでそんな気がするというだけのことだ。天が上からこちらを見下ろしているわけでもないだろうが。

「そうしておこう」

裏雲は素直にそう言ってくれた。たぶん、いずれ焼かれる日はくると思っているだろうが、死に急ぐことだけはしないはずだ。

山鳩の行くとおりに進むが、道なき道だった。これはおそらく盗賊があえて道を作らないようにしているのだろう。そうすればねぐらが見つかることもない。

「前にも思ったが、央湖の山にはずいぶん大きな鳥がいるな。ありゃ翼竜より大きいんじゃないか」

鳥影で太陽が隠れる。さすがに大人を襲うようなことはないが、子供なら狙われかねない。

「大鷲《おおわし》の一種だな。天下四国では央湖周辺にしかいないと言われる」

「獣心掌握術で使えないかな」

「試してみればいい、そのうちな。今は急ぐのだろう——ああ、袖が破れた」

山を登りながら裏雲は嘆いた。見れば破れたところなどわずかなものだ。

「刺繡《ししゅう》も気に入っていたというのに」

「だから着物なんて尻が隠れればそれでいいんだよ」

常々言ってきかせているが、裏雲はしかめ面をするばかりだ。

「王都に入るときは殿下にも良い召し物を着せる。私が選ぶ。天下四国の英雄の凱旋《がいせん》なのだから」

「こら、都には目立たないように入る予定だろ」

「それでも身につけるものくらいは……私がついている以上そこは曲げられない」

「わかったわかった」

こちらもそのくらい折れてやらなければならないだろう。とりあえず草木を掻き分け山を登る。山鳩はゆうゆうと空を行くが、地を這《は》う人は無様に進むしかない。

「すごいな、どこに住んでるんだ」

このあたりは燕から越に動いたとき、通っているのかもしれないが、人が住めそうなところは見ていない。

「殿下、剣を抜け」

裏雲の懐から猫が飛び出した。急降下してきた翼竜の首ったまに嚙《か》みつく。だが、猫の牙でこれを仕留めるのは難しいだろう。

「よりによって翼竜かよ」

見上げると、かなりの数の翼竜がいた。越の王宮を襲った暗魅で、凶暴性は折り紙付きだ。

剣を抜くが、足場が悪い。これはかなり困ったことになった。

「やっぱり王玉を返さなきゃよかったかな」

あれを返してから暗魅に襲われることが多くなったのは間違いない。

「翼竜だと翼を使っても逃げ切るのは難しい。頭を下げろ」

裏雲は手のひらから黒い気の塊を放った。小さな爆発を起こし、翼竜を一頭仕留めた。印を結び術を行使するのに、どうしても多少時間がかかるらしく動きの速い暗魅だと裏雲も対抗しきれない。

「その術も使うな」

飛牙は叫んでいた。黒翼仙であればこそそのことは極力させたくなかった。

「そんな場合か、いいからここは私が――」

そのとき、矢が飛んできて、裏雲の背後を狙っていた翼竜の首に突き刺さる。その矢が一撃で仕留めた。

「うるさいと思って来てみれば」

張り出た岩場に足をかけ、弓矢を構えていたのはくだんの盗賊であった。

「術は目立つからやめろ。ここが兵どもに知られるのは困るんでな」

鋭い目をした壮年の男は次々と矢を放つ。一つも外さない。

何頭か倒すと、翼竜もさすがに撤退を決めたようだ。空高く上がり、そのまま消えていった。

「で、おまえたちは私を追ってきたのか」

今度は飛牙に狙いを定める。男が矢を外すことはないだろう。

「その矢を放つというなら、山が燃えるくらいの術を繰り出すことになるが、よいか」

裏雲が手のひらを男に向けていた。

「俺たちは兵じゃねえ。ただ、盗んだ剣だけは返してもらいたい。あれは魔物対策にと各郡が賜った玉剣だ。民の命を守るためにある」

弓矢が飛牙を狙い、裏雲の術が男を狙う。男はどうしたものか考えていたようだが、仕方がないというように弓矢をおろした。

「さすが英雄寿白殿下だ。言うことが違うな」

飛牙は目を丸くした。

「俺、盗賊にも顔知られてるのか」

そりゃまずいなと頭を抱える。

「庚《こう》が滅んだあの日、私は城壁の上の迎玉《げいぎょく》も眺めていた。面白いものを見せてもらったよ」

盗賊にしては粗野なところがなかった。しかし、やはり徐国では寿白の顔を知る者も多いということだ。

「英雄を殺したとあっては国の威信をかけて山狩りになるだろう。さすがにそれはまずい」

「返してくれるのか」

「要するに聖なる力がある欠片なんだろう。知り合いの加減が悪くてな。触れさせればよくなるかと思って拝借したんだよ。少し待ってくれないか。必ず、返す」

危険はないと判断したか、裏雲も片手をおろした。

「あの玉に人を癒やす力などない。暗魅や魄奇《はくき》が多少嫌がるくらいだ」

「そっちの綺麗な兄さんは英雄の従者か。なるほど、あの辻芸《つじげい》の演目もまんざら適当でもないようだな」

男はうっすら笑ってみせた。

「玉が病人を治せるっていうなら堂守や王はみんな健康で長寿だっただろうよ。でも、そんな話は聞いたことがない。そこが目的なら盗む価値はないと思うぞ。医者に診せたほうがよくないか」

「医者には治せない。そうだな、簡単には納得してもらえないか。英雄王を信じていいか」

「俺は単なる旅人の飛牙だ。こっちは裏雲、別に従者じゃねえ。信じるかどうかはそっちで決めろ」

誰かに信じられるくらい恐ろしいことはない。右も左もわからない寿白王を信じて何人死んだことか。信じろなどと死んでも言いたくはなかった。もちろん、言わなければならないときもあるが。

「それはそうだ。まあいい、ついてこい。玉剣は置いてきた」

殺す気ならとっくにできただろう。飛牙は黙ってついていった。

「行くのか」

「そりゃ剣を返してもらわないとな」

「あの男……似ている」

「誰にだよ」

裏雲は答えなかった。未だ警戒はといていないようで剣に手をかけたまま、男のあとに続いた。

南の国とはいえ、山の風は冷たかった。

二

央湖からそう遠くないであろう位置にその洞窟はあった。

いかにも山賊のねぐらといった感じだが、どうやら手下の類いはいないようだ。そもそもそこまで広くない。

「一人か」

「病人がいるって言っただろう。奥だ」

男は油に火を灯《とも》した。洞窟の中がぼんやりと見えてくるようになる。

「女か」

「わかるのか」

「小綺麗《こぎれい》にしているからな」

同居している女を知り合いとは言わないだろう。しかし、太府から玉剣を盗んでくるくらいだ。大切な相手らしい。

「名前を聞いてなかったたな」

「私は醐拾《ごしゅう》。けちな盗賊だ、英雄様には名乗りづらくてな」

いやいやここまでついてきた裏雲が振り返った。

「なるほど、醐拾か」

「有名なのか」

飛牙にはさっぱりだ。

「庚に仕えていた者なら名ぐらいは聞いたことがあるはずだ。庚王石嵩徳《せきすうとく》の弟醐拾、そうだろう。元気な頃の庚王に似ている」

裏雲が説明してやった。

思わず飛牙の手が剣を握る。それはつまり庚の残党、そして両親たちの仇《かたき》でしかない。けちな盗賊などで片付けられるものではなかった。

「まあ待ってくれ、英雄様」

翩拾は両手を顔の横に挙げた。争う気はないと、そのまま跪《ひざまず》く。

「……無理言うな。待てねえ」

ぶっ殺したい、と血が逆流していた。庚王の弟というなら、あの虐殺に荷担していたはずだ。

「殿下、この男を殺すのはかまわないが、一応伝えておく。翩拾は私が後宮に入るより前から追われる身だった。庚王と合わなかったらしく、処刑されかかって逃亡したのだ」

裏雲に言われ、飛牙は一旦剣の柄《つか》から手を離した。

「仲違《なかたが》いしたと？」

「はっきり言って最初から仲はよくない。考え方も合わなかった。易姓革命とか言いだしたときはついに正気をなくしたかと思った。だからそんなものには加わらなかった。だが、奴《やつ》は玉座を手にするとまずは周りを身内で固めようとした。私も呼び出され、適当に大臣職を与えられたが……すぐにうんざりしたものだ。徐の官吏や術師をおおかた殺そうとしていた。しかもそれを私に指揮してやれと言う。あとはあなたと同じだ、殿下。私も賞金首となった」

すべて信じたわけではないが、とりあえずこの場で殺すことだけはやめておく。

（いろいろ乗り越えてきたつもりだったけれど……そうでもなかったんだな）

英雄と呼ばれても人の親になってもこんなものだ。刻み込まれた恨《うら》み辛《つら》みなんて消えやしない。

「そうかい。そりゃご苦労だったな」

意地の悪い皮肉が出てきた。そこまでこらえてやる気はなかった。

「殿下もな。だが私よりましかもしれないぞ。なにしろ今は解放されているだろう。私は未だにお尋ね者だ。徐からすれば庚王の実の弟だからな」

思わず手が出そうになったが、裏雲に肩を摑《つか》まれた。

「それにしては玉剣を盗むとは大胆なことを」

「何かない限りはどうせ太府の飾り物だ。護国玉の欠片とやらに賭けてみたかった」

翢拾は手をおろした。手にも顎のあたりにも深い傷痕が残っている。

「奥にいるのはおまえの嫁か」

飛牙は洞窟の奥に目をやった。簾《すだれ》が一枚垂れ下がっているだけだ。この会話は聞こえているのではないか。病人とはいえずいぶん静かだった。

「本当のところは名前も知らないさ。この山で子供が倒れていたんだよ。眠っているだけに見えたが何をしても起きなくてな。放っておけば暗魅やらでかい鳥やらに喰《く》われかねない。だから連れてきたが、ちょっと子供とは違ったな」

「裏雲、診てやれるか」

白翼仙《はくよくせん》の知識を持つ男だ。そこいらの医者より頼りになる。

「いいだろう」

「誰が診たところで無駄だと思うが、まあいい。驚くなよ」

鬫拾は簾を上げて、飛牙と裏雲を先に中へ入れた。

「これは……少し驚く」

裏雲が控え目に言った。そこには銀色の髪をした少女が眠っていたからだ。猫と蜥蜴が懐から這い出て、この場を離れていく。

「那俞でも思思《しし》でもねえな」

飛牙は少女の元に近寄るとその顔をまじまじと覗《のぞ》き込む。可愛《かわい》らしいが、やつれていた。眠っているのか、目蓋は閉じられ動かない。その手に玉剣を抱いている。赤く輝いているのは朱雀玉の欠片だ。

裏雲はすぐに脈をとった。ただし、天令にそんなものがあるのかわからない。

「人としてなら生きている。それ以外と考えるなら、言い切れないが」

「でも天令は眠らないよな」

䎘拾は驚いて飛牙の腕を掴んだ。

「あなたがたはその子が天令だとすぐ気づいたか」

「まあな。で、この子はずっと眠っているのか」

「十日ほどになる。最初は異境の子かと思って、医者に診せようともしたが、どうやら人じゃないらしい」

那兪や思思には滲《にじ》み出る天令の雰囲気もあったが、この子にはそこまでのものを感じない。髪が銀色というだけだった。

「何故《なぜ》そう思った」

「たまに淡く光る。それで天令かもしれないとな。いつか起きるかと放っておいたが、その気配もない。天令といえば玉だ。触らせれば治るかもしれないと盗賊なりに考えたというわけだ」

「そこまでしてやる義理があるか。人目に触れたくない身の上だったんじゃないのか」

䎘拾はふっと笑った。

「生きてればこのくらいの子供もいたんだよ。若いときにな……母親と一緒に飢骨《きこつ》に喰われた」

「……そうか」

「だから私にも徐の偉い連中を許せない気持ちはあった。兄貴が本当に徐を倒したときはやっぱり快哉《かいさい》を叫んだものだ。だから庚の残党じゃないと言い切れないところはある。復讐《ふくしゅう》と正義は表裏一体だな」

ぐうの音も出ないことを言われた。

不作が続き、毎年のように飢骨が出ていた。その結果、王政に対する不信感が募ったのは事実だった。海鳴はそこに付け込んだだけだ。

「責めているわけじゃない。庚のほうが遥《はる》かにひどかったのは事実だ。難しいものだ、国を治めるというのは。身に染みたよ」

翩拾はつくづくと言った。

「迎玉までした寿白殿下が知らないということは、徐国の天令じゃないということか。じゃあどこから来たものやら。天令も天から堕《お》ちることがあるのか」

翩拾は堕ちた天令の災厄などのことまでは知らないらしい。ほとんどの民はそんなものだ。伝説やお伽噺《とぎばなし》と混ざり合い、天下四国以前のことはどこまでが歴史なのかもあやふやではある。

（天令が堕ちた……？）

心当たりのある飛牙と裏雲は確認しあうように目を合わせる。

「もしかしてあれかな」

「その可能性は大いにあるだろう」

「なら、起きてもらわなきゃならないな」

聞きたいことが山ほどあるのだ。

ここにくだんの天令らしき者がいるぞ、と那兪にも教えてやりたいところだが、最後に会ってから音信不通だった。いくら呼びかけてもうんともすんとも言わない。

「玉の欠片に触れていても目覚める気配はないようだな」

「あなたたちはこの子が誰か知っているのか」

飛牙はもう一度少女の顔を見つめた。那兪や思思が見せた輝きはない。すでに普通の子供のようだ。それが六百年を超える歳月を意味しているのか。

「想像はつくってだけだ。大災厄のことは聞いたことぐらいあるだろ」

「大昔、二百日間にわたって雷雨がおさまらず、二つの国が滅んだというあれか」

「あれは天令が堕ちたせいだ」

理解できたのだろう、醐拾は息を呑《の》んだ。

「もしかしてその天令なのか」

「断定はできないが、かもしれない」

素朴な寝顔を見下ろし、翺拾はなんてことだと呟く。

「宥韻《ゆういん》の大災厄といえば数百万が死んだとも言われる。それをこの子がやったというのか」

そのとき、眠る少女が淡く光った。

「これは……」

「しっかり目を閉じろ」

飛牙は翺拾の肩を抱きかかえると、光に背を向けた。

背後から凄《すさ》まじい光が放たれ、目蓋の裏まで真っ白になった。洞窟の中だけにその光は行き場をなくして跳ね返ってくるかのようだ。

おさまるまで声も出せなかった。痛みすら覚える。

(朱雀玉の効果か……いや)

この子には聞こえたのだ。

堕ちた天令の罪を人が口にしたのだから。

少女は体を丸めて泣いていた。

声も上げず、青みがかった二つの瞳から涙を流し続ける。その姿は痛ましく、飛牙たちもすぐには声をかけられなかった。

　天令が泣くところなど見たことがない。那兪も本当はこんなふうに泣きたいときもあっただろうか。姿が可愛らしく幼いだけに胸が詰まった。

「あの……俺は飛牙で、こっちが裏雲で、そっちが倒れているおまえさんを助けてやった酬拾っていうんだが……話せるか」

　遠慮がちに飛牙が話しかけてみた。

「助けた……？」

　少女はようやく涙を拭った。その声は消え入りそうにか細い。

「天令だよな。どこか具合が悪いのか」

　少女は体を起こすとこちらに顔を向けた。三人の男たちを見て、少し怯《おび》えたような様子を見せる。

「天令ではない」

　そっけない口調は確かに天令だった。

「堕ちても天令だろ。人じゃないから、ずっとそのまま生きている」

　つぶらな瞳にまたじわっと涙が込み上げてきたようだ。これはもう泣き虫の小娘でしかない。

「違う……もうずっと違う」

しくしくと泣いては、目を手の甲で拭う。

「聞きたいことがあるんだよ。頼むから泣くな」

少女と目が合ったが、泣き止《や》みそうにない。子供受けには自信がある。しかし、これは堕ちたとはいえ天令、どうしたものか。また光られても困る。

「那兪を知っているか。思思はどうだ。俺はあいつらと――」

知った名を出せば気が緩むのではないかと思ったが、少女はいよいよ声を上げて泣き出した。

「知らないっ」

涙どころか鼻水まで垂らしていた。嗚咽《おえつ》で肩を揺らすと、頭から寝具をかぶる。こうなると話を聞くどころではない。

「英雄様、これはちょっと光る子供だ。今はそういうことで。これを返す」

翩翔が玉剣を飛牙に差し出した。この男も少女が目覚めた理由は朱雀玉にないとわかったのだろう。少女は自分の罪を人が話しているのを聞き、気づいたのだ。

「適当に誤魔化して太府に返しておいてくれるか。殿下なら簡単だろ」

「俺は何者か知られたくないんだよ。だが、まあ、預かっておく」

「助かった。私はこの子を宥《なだ》めておくから、お二人にはちょっと外の様子を見てきてもらえないか」

こういうのは若くない男のほうがいいんだよ、と翻拾に言われる。

「殿下、軍はここまで討伐隊を出しているかもしれない。先ほどの光に気づかれた恐れもある。なにしろ、玉剣だ。娟郡の威信をかけて地の果てまで捜すだろう」

気になっていたのか、裏雲は先に洞窟から出た。外で待っていた猫と蜥蜴になにやら話しかけている。

「じゃ、俺たち外を見てくるから、その子が話せるようにしておいてくれ」

裏雲に続いて外に出た。

空は曇ってきていて、山の中は昼でも薄暗い。少し洞窟から離れ、飛牙は裏雲の手を取った。

「こんなところで宥韻の大災厄の天令に会えるとはな。千載一遇だ」

「あのような様子では知識を引き出すのも一苦労だろう」

「想像と違ってたな。もっと恐ろしいのかと思っていたら、よくもまあびーびー泣く。だが、海鳴は知の宝庫だと言っていた」

「海鳴は玉座についてからほどなく丁という姓を汀に変えたりと験を担いでいたが、駕国はあのとおりだった。まあ、彼は教養人によく見かける、さほど役に立たない知識を山ほど蓄え、頭でっかちになりがちな男だった。堕ちた天令から聞いたこともたいしたことではないのかもしれない」

裏雲の海鳴評はなかなか面白い。

「でもさ、那兪も望みをかけて捜しているくらいだ。絶対、何か役に立ちそうなことを知っていると思うんだよ」

飛牙は腕を組み目を閉じた。

「尋ねるなら黒翼仙の助け方より那兪のほうを優先するといい。でなければ、よくないことになる」

「那兪が堕ちるっていうのか」

「私が焼けたところで誰も困りはしない。だが、彼は違う」

「俺が困るんだよっ。それに天がそう簡単に那兪を堕とすとは思えねえ。なんだかんだいっても、今までそこまでしてない。記憶は消されるかもしれないが、天が大災厄を引き起こすようなことをそうそうするわけがないんだ」

腹が立ってきて、枯れ枝を折った。

たぶん、願望を語っている。那兪は大丈夫だと思いたいだけかもしれない。だが、駕国での那兪にかなり不安があったように見えたのも事実だ。

正直、どうすればいいのか未だにわからない。相手が天では正解というものはないだろう。こちらの言い分を認めてもらうために、たぶん徳を積めばいいのではないかと思ってはいるが、そんな都合よくできるものでもない。

（那兪、那兪。応えろ、俺は大災厄の天令を見つけたぞ。ここに来い、顔を見せてくれ、堕ちないで飛んでこい）

空を仰ぎ、懸命に心の中で叫んでみる。

「……彼には思うところがあるだろう」

少しして裏雲が吐息とともに呟く。こちらが天令に祈りを捧《ささ》げていたのを感じ取っていたらしい。

「宮仕えみたいなもんだからな、すぐに動けるわけじゃねえだろうし。聞こえてないってこともあるのかもな。ああ、もう、蝶々《ちょうちょう》どこかに来てないか」

「いや……厄介なのが来た」

裏雲の視線の先に、兵が見えた。草木を掻き分け、何人か登ってくる。

「洞窟から離れるぞ。兵をあいつらから引き離す」

身をかがめ、山を東に向かう。聞こえるよう音だけは出していた。

「向こうから足音がした」

「盗人か。おい、回れ」

後ろの兵に指示を出したようだ。

人が入ることの少ない央湖を囲む山が俄《にわか》に騒がしくなる。兵たちもびくびくしながらここまで来たはずだ。

「この剣を持っているということは、向こうからすれば俺たちが盗人だよな」

「だから鬮拾はあっさり返したのだ。少なくとも寿白殿下であることを明かせば、処刑されることはないから、安心だったのではないか」

まんまとしてやられたのかもしれない。しかし、こんなところで寿白であることなど知られたくない。亘覧に会いたい気持ちはなくもないが、動きがとれなくなるのは困る。

「まだばれたくねえ」

「しかし、名乗らなければうっかり殺される」

「名乗って信じてくれるか」

「地方の兵士では寿白殿下の顔を知る者はいないだろうな。身元を証明するのは時間がかかるかもしれない。今、私が翼を使って逃げるというのも一案だが」

「だからそれは駄目だ」

「だとすれば兵たちを殺すか」

「もっと駄目だ」

天が俺に失望すれば裏雲は焼かれる――そう思うと、賊を追ってきただけの兵を殺すなどとうていできない。

目的もなく南異境から帰ってきたときと違い、今の飛牙には背負うものがあった。

それは誰も殺したくないなどという温い感情でも、国を良くしたいなどという欺瞞《ぎまん》でもなく、ただ裏雲と那兪を天の決めた運命から解き放ちたいという意思だった。

「あそこだ」

「見ろ、玉剣を持っているぞ」

ちに囲まれてしまった。

裏雲の案を否定した声は少しばかり響いたらしい。何十人いるのか、たちまち兵たちに囲まれてしまった。

逃げようとしたものの、後ろから矢が飛んできて裏雲の袖をかすった。着物を破損され怒りに火がついたか、裏雲はすぐに印を結び手のひらに炎を見せた。

「この火は一瞬にしてそなたたちを焼き尽くす」

頭の中で詠唱する時間もなかっただろうから、おそらくこれははったりだ。それでも効いたらしく、兵たちは動きを止めた。

「俺たちは盗人じゃない。奴を追ってきただけだ。あいつは剣を捨てて逃げていった。だから、太府様に届けに行こうかなって思ってたとこよ。ご褒美は出るんだろ」

敵対していないということを満面の笑みで表現してみた。

「怪しい奴め」

「信じられるか」

あんなに爽やかに笑ってみせたというのに、再び矢を向けられてしまった。

裏雲のほうはすでに最大限の攻撃を繰り出そうとしている。央湖のほとりにいる間、することがなかったせいか、そういった力を強化させていたようだ。

「待たぬか」

奥から大将らしき男が駆けてきた。

「声にもしやと思えば、これは……寿白様、おかえりなさいませ」

大将は片膝をつき、顔を上げた。

「楊栄《ようえい》か……？」

「はい、お久しゅうございます。ご無事の姿を拝見し感激至極でございます」

庚王が死んでからの混乱をよくまとめ上げたというこの雑号将軍《ざつごうしょうぐん》は、日に焼けた精悍な顔で笑っていた。

「皆、武器をおろせ。このお方は寿白殿下であらせられるぞ」

驚きのあまり兵たちは直立不動となったかと思うと、ははっとその場に平伏する。

「寿白殿下とは雲を突く大男で、凛々《りり》しいお顔立ちの方だと……」

「このように軽くへらへら笑うなど」

「これ、殺されたいのか。黙れ」

なにやら後ろのほうで兵たちが平伏《ひれふ》したまま会話していたようだが、そこは聞こえなかったことにしてやる。

「えっと、あのさ、玉剣取り返しておいたから」

「申し訳ございません。殿下にこのようなことまでしていただき、将軍として情けのうございます。ここの警備長には自害を――」

「それやめろ。頼むからそういうのはいい。今度から気をつけてくればいいからさ」

命で責任をとらせようと言う将軍を慌てて止めた。そんなことになったら、今度は山狩りをしてでも翻拾を捕らえにかかるだろう。

「はい、ではそのように。ところでそちらは裏雲様ではありませんか」

庚の後宮で名を馳《は》せた宦官《かんがん》裏雲はおそらく寿白より顔が知られているだろう。

「やあ将軍。ご壮健でなにより」

裏雲は術を繰り出そうとした手を握りしめ、後ろに隠す。

「やはり殿下のお伴《とも》をなさっていたのですね」

「まあ、いろいろありましてね。立ってください」

「あの目映《まばゆ》い光は裏雲様でしたか」

「あ……そうですね。翼竜の目くらましで。ところで、亘筧陛下と王母陛下はお元気でしょうか」

逞《たくま》しい体はそれこそ雲をつくようだった。

「はい、お忙しくしていらっしゃいます」

「さて、ここで皆さんに平伏してもらっていては翼竜に襲われてしまいます。私もいささか疲れました。小娟まで送っていただけませんか。お話はそこで」

もう一緒に山を下りましょうと裏雲が促す。盗人の探索をさせないためだろう。

「では、兵を半分残し盗人の捜索を」

「いや、みんな帰ろう。天気悪くなりそうだし、あいつ燕領に向かってたから。どうせ小悪党だ」

「燕ですか……さすがにそこまでは。わかりました。まずは一旦兵を引き上げましょう。皆、殿下に玉剣を取り戻していただいた。小娟に帰還する」

ははっと声が揃《そろ》った。

三

兵には寿白のことは内密にと命じていたようだが、こういうことは隠しきれるものではない。

軍部だけでなく、一部市民にまで噂が流れているようだった。

英雄王が現れた。

徐国に真の王が帰ってきた。

天下四国にその名を轟《とどろ》かせた天よりも偉大な王。

こういうのが面倒くさいのだ。飛牙はつくづくと思う。これではかえって亘覧に申し訳ない。

「帰ってこないほうがよかったかな」

「何を今更」

呟きを聞きとがめられ、裏雲に突っ込まれる。

「これから晩餐会《ばんさんかい》だ。英雄の帰還は国中に広がる」

「えーっ、それやだよ」

「自分から蒔《ま》いた種であろうが」

「いや、だってほら、玉剣は取り返さなきゃ」

「玉剣だとわかる前から首を突っ込む気でいたではないか」

裏雲に叱られ、飛牙はしゅんとした。

「あ、まあ……そうだけど。でも、例の天令を見つけた」

「あの天令が役にたつのか。いわば抜け殻だ」

「海鳴も会いにいった。那兪も捜していた。なにかしら知っている」

裏雲は小さく吐息を漏らした。

「期待するな。すべてのことに。私を助けられると思うな。こうして殿下と少しでも長くいられることに満足している。私は法《のり》すら踰《こ》えたところにある大罪人だ。天の恩赦を望むのは傲慢というもの」

　黒い翼は罪の重さ。裏雲はそのことを身を以《もっ》て知っている。

「俺が始めた戦いだ。逃げ回り国を滅ぼした俺が挑む償いなんだよ。最後まで付き合ってくれ」

　延長されたからといって、飛牙もそこまで楽天的に考えているわけではない。ただ天が我を目指せというのは、我に挑めということなのかもしれないと思っている。挑むのをやめたら最悪のことになりそうで恐ろしかった。もう逃げることはできない。

「俺が本当に英雄になるとすれば、それはおまえから黒い翼が消えたときだ」

　おまえだけの英雄になれればそれでいい、とまでは照れくさいので言わないでおいた。

「少なくとも殿下は燕の次の女王の夫で、次の次の女王の父だ。私のために犠牲になるのは筋違いだろう」

「甜湘は惚《ほ》れた男を亭主にしたんだ。あの国の胤《たね》の制度をぶち破るにはわけのわからない男でも王女が惚れて選んだということが大事なんだよ。有り体に言えば、夫が何者かははっきりしていないほうがいい。政治的なものにしたくない。だから俺たちは今はあえて距離を置く」

「……風蓮《ふうれん》姫に会いたくはないか」

娘の名を言われると弱い。それはもう驚くほど可愛らしいのだから。初めて見たときは感極まって男泣きした。

「会いたいさ、そりゃ。赤ん坊なのに俺と甜湘のいいとこ取りみたいな綺麗な顔してるんだぞ。もう一日中抱きしめて世話したい。でもな、まだ駄目だ。言ったろ、俺の手だって血の臭いがする。まだ触れるとき躊躇《ためら》いがあるんだよ」

裏雲が飛牙の手を取り、頭を垂れ額《こうべ》で触れた。

「いつか妻子の元に帰さねばならないな。ならば、私も考えよう。この翼をどうにかできるまで」

「お、少しはやる気になってくれた？」

実際のところ、裏雲の協力がないことにはどうにもならないと思っていたのだ。たとえ泣き落としでもそう思ってくれたのなら大歓迎だ。

「いたしかたない」

安堵《あんど》から笑みが出る。なにしろ裏雲は自分を許さない男だ。

「お食事の前に湯浴みをしていただきたいのですが、よろしいでしょうか」

扉の向こうから声がした。官吏が晩餐会にふさわしい衣装を用意してきてくれたらしい。目立つことはしたくなかったが、太府に是非にと懇願されては断れなかった。

明日にでも出立し、もう一度あの天令に会わなければならない。勝手に行方をくらませば捜されるかもしれない。とりあえず今夜だけでも付き合うしかなかった。

「ああ、風呂か。わかった、今行く。裏雲と一緒に入るから」

「いや、それは……」

「入りたいんだよ。餓鬼のときみたいに比べっこするか」

裏雲が赤面した。まだこんな可愛いところが残っているのかと思うと飛牙は嬉《うれ》しくなる。何がなんでも一緒に風呂に入ろうと思った。


太府屋敷の風呂をいただき、髪を整え、華やかな着物を身につけ、履物まで替えると屋敷の女たちから溜《た》め息《いき》が漏れた。

「なんて眩《まぶ》しい」

「まるで一対の彫像のよう」

「英雄殿下とその従者様がこれほど麗しいなんて」

ひそひそとそんな声が聞こえてきた。

二人揃うことでその輝きは何倍にもなったようで、男たちでも息を呑む。想像していた英雄王とはかけ離れていたようだが、これはこれで新たな伝説を生みそうな眺めであった。

「また派手な衣装だな」

「よく似合っている。本来殿下はこのような姿をしているべき人だ」

背中に黄金の鳳凰《ほうおう》が飛んでいる着物など王太子時代でも着たことがない。裏雲のほうには銀色の流水紋。太府はずいぶんと奮発してくれたようだ。

「私なら殿下の良さを引き立たせるためにもう少し色みを抑えたものを選ぶが、それはそれでよい」

そんな話をしながら、大広間へと向かう。案内する官吏たちも緊張を見せていた。

「寿白殿下、裏雲様。このたびは玉剣を取り戻していただき感謝の言葉もございません。私どもの管理が緩かったばかりにとんでもないご迷惑をおかけしました。一生の不覚にございます。伏してお詫《わ》び申し上げ――」

本当にひれ伏しそうになった太府を押しとどめる。

「いいって。それより飯食おう。いい酒もあるんだろ」

裏雲に睨《にら》まれたが、格好をつける気もなかった。徐国に王は亘覧一人だけ。ここにいるのは暇なその兄貴でたくさんだった。

「もちろんでございます。どうぞこちらへ」

上座に座らされた。目の前には凝った料理と酒が並ぶ。

「殿下に目立つことはしないでほしいと申し付けられておりましたが、心づくしのも

てなしをさせていただきます。こちらは我が妻で――」

太府は次々と同席している数名の者たちを紹介していった。その中には楊栄将軍もいる。

少しばかり社交的な会話を楽しみ、せがまれては何をしていたかも話した。もちろん結婚したこと以外だ。どうしても自分のことが話の中心になり、こちらから聞きたいことにまでいかなかった。

「王都守備を任されているわけじゃないのか」

それでも夜半を過ぎ、ようやく楊栄将軍と差し向かいに話すことができた。

「徐国は復興したとはいえ、まだまだ安寧というわけではありません。私は各地を回っています。庚の残党が山賊になっておりまして、荒らされた村も少なくないのです」

「それはご苦労だったな」

「今回、たまたまこちらに来ておりました。玉剣が盗まれた話を聞き、兵を率いて向かったのです。まさか、殿下にお会いできるとは」

酒が入ったこともあって、楊栄は頬を紅潮させていた。

「なんでもこのあたりに庚王の弟が潜んでいるという情報がありまして。馳せ参じたわけでございます」

思わず飛牙は咳《せ》き込みそうになった。裏雲のほうはさりげなく驚いてみせている。

「ほう。庚王の弟とは例の醐拾のことでしょうか」

「そのとおりですよ、裏雲様。醐拾は庚王に似ているとも聞きますが、なにぶんにも私が知る庚王はひどい有り様でしたから」

晩年の庚王は月帰《げっき》の毒が回り、人相は面影もなかったと聞く。飛牙も無残な死体しか見ていない。

「庚王の弟は何かよからぬことでも企てているのか」

「そこまではわかりませぬ。ただ、捨て置けないことです。なにしろ、庚王の唯一の血族男子ですから」

我こそは庚の二代目を名乗って再び旗揚げしないとも限らないということだ。そこだけは根絶やしにしなければならない。

「その首を挙げにきたわけか」

「はい。徐の平定のためにございます」

「辛《つら》くはないか」

飛牙に訊《き》かれ、楊栄は嘘《うそ》はつけないというように息を吐いた。

「……辛うございます」

「庚王の弟に野心がないのであれば、放っておいてもよくないか」

あの男は一人だった。徒党など組む気もないようだった。庚が滅んだことに恨みもない。

「殿下は許せるのですか。庚王の実の弟ですよ」

確かに殺しかけた。頭に血が上って、殺さずにはいられないと思った。だが、あの男は倒れていた少女を助けたのだ。少なくともそれが今の翩拾の姿だろう。

「恨みはどこかで断ち切らなきゃならないだろ。それより取り戻した国を大事にしないとな」

などと一応もっともらしいことを言ってみる。

「さすが、寿白殿下。この楊栄、感服いたしました。しかしながら、丞《じょう》相《しょう》閣下を始め、重鎮たちは最悪の事態を案じていらっしゃいます。長く生きてこられた方々はこの世に安寧などないことをご存じですから」

聞《ぶん》老《ろう》師《し》が丞相となったはずだ。老師は戦《いくさ》で娘夫婦を失い、孫娘を抱え隠れて生きていた。おそらく慎重のうえにも慎重にことを運んでいるのだろう。つまり聞老師を納得させないことには翩拾は命を狙われ続けるということだ。

「陛下は庚王の嫡男として育ってきたわけです。中には信用しきれないと思う者もいます。ですから、庚の残党に厳しく対処しなければ疑われてしまう。丞相閣下はそれを何よりも恐れています」

周りに人はいないが、楊栄は声を潜めた。

「翻拾の首を挙げればその疑いも払拭できるか……なるほどな」

すべての民に支持される為政者などいない。翻拾の首は基盤を固めるための一つの材料になるわけだ。

「ところで、四国すべてを回られてどうでしたか」

「どこの国も大変だってことさ」

「駕国北部にはかなりの資源が眠っているとか」

「そんな話まで届いているのか」

「それはそうですとも。駕も鎖国をやめていますから。燕などすでに採掘の支援を申し出ているとか」

おそらく有為《うい》だろう。あの男ならそれくらいすぐに動きそうだ。

「越も目をつけていると思います。しかしながら、我が国は駕と隣接していないため、それも難しく、丞相閣下が悔しがっていました」

その調子なら駕国が豊かな国になるのはそう遠くないのかもしれない。

「丞相閣下も殿下には相談したいことがいくらでもあるようです」

「他の三国をよく知り、どの王家とも縁の深い殿下ならば、外交上これ以上ない使者となりますね。丞相閣下は抜け目がない」

裏雲はくすりと笑った。

「私は殿下がもはや徐国だけの宝ではないことは重々承知しております。しかし、陛下は純粋に兄君と裏雲様にお会いしたいと思っているのです。私と一緒に王都に上られませんか」

巨覚のことを出されると裏雲も弱いらしく少し考え込んだ。だが、堕ちた天令から話を聞かなければならない。

「殿下は央湖周辺に棲息《せいそく》する暗魅や魄奇の調査をしたいと考えていらっしゃいます。そのため私も使役している人花をあの山に残しています。王都泰灌《たいかん》へは彼らを回収してからということで」

「裏雲様はやはり暗魅遣いでしたか。趙将軍のご子息という噂は本当でございましょうか」

そんなことまで噂になっていたのかと驚く。知っている者はごくわずかなはずだが、やはり人の口に戸はたてられない。隠す気もないのか、裏雲はゆっくりと肯《うなず》く。

「庚の王宮に潜り込み、復讐を考えていたのです。私は殿下が死んだと思っておりました。人には言えないこともしたものです」

裏雲は趙将軍の息子であることが得になるなら、それも利用するつもりだろう。以前とは状況も違ってきた。

「なんと立派な。将軍は当時一兵卒であった私の憧れでした。草葉の陰でさぞやお喜びでしょう。わかりました、お二人の好きになさってください。我らには及ばぬ尊いお考えがあるのでございましょう」

たぶん黒翼仙を助けたいからなどと言っても信じてはくれないだろう。この極めて個人的な願望が尊いかどうかは飛牙もわからない。

「私などは身分も低く将軍にまでなれる器ではありませんでした。戦いで多くの武人が死に、庚も人手不足になったというだけです。今こうしているのもお恥ずかしい限りです。おのれが許せないのです」

「みんな一度は庚の民や兵だったんだよ。気にしてたら誰も生きられねえ。俺は異境まで逃げた。庚の残党だって本当は徐の民だった。国が割れるのは悲しいよな」

そういうことだ。裏雲など民にすら怨嗟《えんさ》を抱いたから王都に飢骨を呼び寄せたのだ。裏雲もまた自分を許していない。

楊栄は共感したのか涙ぐむ。すべては辛い時代を共有した者にしかわからない想いだった。

「……もう寝ましょう。少し酔ったようです」

裏雲は立ち上がった。

「ああ、懺悔《ざんげ》大会はしたくねえ。寝るか」

大きく伸びをした。傍らの裏雲は酔っているというより、疲れが残っているようだ。黒い羽が悪さしているのでなければいいが。

「みゃんと虞淵《ぐえん》を残してたのは気づいていたけど、まだ連絡がこないんだろ」

小娟から北に向かい央湖の山へと再び入る。

「殿下とて翽拾があのままあそこにいるとは思っていないだろう」

「近くまで兵が来たんだ、そりゃあどこかに移るだろうよ。天令連れてな」

翽拾はとりあえず守らなければならない存在ができた。今までのように、死んだら死んだで仕方ないというわけにはいかないはずだ。

「しかし、まだ疲れているんじゃないのか。小娟に残っていてもよかったのに」

「黒い翼は不治の病。それはもう重い。それだけのことだ。疲れとは少し違う」

「天は本当に執行を延期しただけなんだな……くそ、どうしろってんだよ」

ありがたいとは思っているが、天の意図が具体的にわからない。一日一善みたいなのんきなことを望んでいるわけでもないだろう。

「私を助ける気はなくとも、殿下には期待しているだろう。それも大いなる期待だ」

「予想がついているなら教えてくれよ」

「黒翼仙は根性がねじくれている。いつも最悪のことしか考えていない。殿下はとりあえず前を見ろ」

裏雲には見当がついているのではないかというのは、央湖で二人で暮らしていたときから感じていた。

「俺は前より横にいる奴が見たいんだよ」

そうじゃなきゃ顔が見えない。

「横にいるか……本当はあの天令も横にいてほしいのだろう」

「そりゃな。でも、那兪とは時の流れが違うんだよな。属するものも違うし。もう喰っちまいたいくらい好きなのにな」

裏雲が笑った。それから天を仰ぐ。

「彼から使命を貰《もら》った」

「裏雲に那兪が？　何の話してたんだ。いつのまにズルっ」

俺を介しての関わりだったはず。それがどうやら内緒話をしていたらしい。両方に妬《や》けてくる。

「いじらしくて可愛らしい。しかも怒りっぽくて、崇高だ。私も食べてしまいたい。彼の想いと一緒に」

「なんだそりゃ。もっとさらっと普通に仲良くしろよ。熱すぎるわっ」

「勝手に結婚して子供まで作った殿下にも私の気持ちが少しは理解できたなら、なによりだ」

まだ根に持っているらしい。

「ほら、奴の洞窟についた」

裏雲は枯れ木に覆われた上を指さす。

「いないようだな。天令連れて出ていったか」

「宇春と虞淵はあとをつけていったのだろうな。央湖周辺には手強《てごわ》い暗魅も多い。無理をしなければいいが」

ここで白鴉《しろがらす》の人花を失っている裏雲は不安なようだった。

「あそこ、翼竜だ」

一頭だけだが、執拗《しつよう》に地面にいるものを襲っているようだった。飛牙は軍から貰ってきた弓を構えると、すぐさま矢を放った。矢が翼をかすめ、翼竜は逃げていく。

「虞淵、宇春、無事か」

どうやら地べたに這いつくばっていた蜥蜴が襲われたらしい。猫のほうも飛びかかって応戦していたらしく、少し怪我《けが》をしていた。

こちらに気づき、猫と蜥蜴が人間の姿になる。安堵したような顔をしていた。特にひ弱さの残る蜥蜴青年は泣きそうな顔になった。

「ありがとう……ございます」

「礼はこっちが言うんだよ。悪かったな、無理させて」

頭から血を流す虞淵を抱きしめていた。

「二人は東に向かった。距離を置いて追いかけて見失った」

宇春が東を指さす。

「越のほうか」

「あの天令はときどき光る。力を抑えていられないようだった」

大災厄で力を使い果たしたというわけでもないということだろうか。

「北から雨が来る。山を下りたほうがいい」

宇春は空を睨む。

「そうしよう、殿下。宇春が言うなら間違いない。それに宿で休ませてやりたい」

飛牙は肯くと、懐に入れと胸元を広げた。すぐに虞淵は蜥蜴に戻り、飛牙の胸に抱かれる。

「わたしは歩く」

宇春はまだ話があるようだった。

「男はわたしたちに気づいていて、こう言った。私などより危険な残党はいる。小さい王様は狙われているぞ、王都に行ったほうがいい、と」

飛牙は息を呑んだ。

「巨寛の命が狙われているって言ったのか」

宇春は肯いた。懐の中で虞淵も肯いているようだ。

「立場が立場だ。彼の耳にはそうした情報も届くのだろう。どうする、殿下」

「堕ちた天令は気になるが、王都に行くさ」

「楊栄将軍から聞いたが、今年は桃源祭を復活させるらしい。陛下も街を回るそうだ。狙いはそれかもしれない」

桃源祭とはかつての徐で毎年行われていた大きな祭りだ。桃の花が咲く時期に合わせる。庚になり消滅していたのだから、名実ともに徐の復活を祝う意味でもあるだろう。

王が都の大広場で祭事を行う。天への感謝祭というべきものだ。徐国は元々天への信仰心が厚い。他の国より天令が目撃された逸話が多いせいだとも言われる。中には山で助けられ、光となって運んでもらった子供の話などもあった。

(それもそうだよな、那兪が徐の天令なんだから)

徐国再興においては光という形とはいえ、多くの人の目に触れた。感謝を捧げる祭事の必要性は今こそ高まっていたのだろう。

あのなんだかんだで人の好《よ》い少年がついつい放っておけず、いろいろと関わってしまったばかりにできた祭りということになる。

もっとも民にとってはその辺は建て前。飲めや唄えやができれば、それでよかったのだ。四国の中でも南国の気質というべきか。

（那侖の祭りか……）

そう思うと飛牙も改めて祭りを見てみたくなる。

「邪魔はさせねえよ」

山を下りると、一路、王都泰灌へと向かう。

天下《てんげ》三百十五年三の月下旬のことであった。

第二章　王都攻防

一

声が聞こえた。

ここに堕《お》ちた天令《てんれい》がいると呼ぶ声だった。

那兪《なゆ》は震えた。ついに見つかったというのか。光になってすぐに会いに行こうと思いながら、動けなかった。

怖かったのだ——飛牙《ひが》と顔を合わせるのが。

私の顔は変わっているかもしれない。どす黒く見えるかもしれない。堕ちかけている天令がどんな姿になるのかなんて知らないのだ。

詐欺師で間男で種馬でヒモのとんでもないやつだが、玉《ぎょく》を身の内におさめたほどの男だ。私の違いに気づくのではないか。

（私は汚れていないか）

訊《き》いてみたくもあった。

（そなたのせいだ）

そう言いたくもあった。

徐《じょ》国の寿白《じゅはく》と出会わなければここまでにはなっていない。天令は天の手足。手足は勝手に動いてはいけない。

堕ちるということがどういうことなのか、わかってきた。おそらく宥韻《ゆういん》の大災厄を引き起こした天令もそうだったのだ。今ならわかる。

それでも那兪は遅れて飛んでいった。だが、そこには誰もいなかった。いないものの、残り香があった。

あの花のような天令の記憶が甦《よみがえ》った。それを辿《たど》っていく。

央湖《おうこ》に近づいただけで胸が重くなる。天令も怖がってあまり近寄らない場所だ。そのそばを飛んでいると吸い込まれるような気すらする。

何を含んであんなに黒いのか。行き着く先はどこなのか。天令ですら知らない。

那兪は蝶《ちょう》の姿で飛んでいく。光では向こうを怖がらせるかもしれないからだ。思思《しし》とは同時期に誕生したこともあり親しかったようだが、彼女ですらあれから一度も会っていないという。それはつまり他の天令に会いたくないということ。

だが、会わなければならない。

青い蝶は山の中に人影を見つけた。顎髭《あごひげ》の逞《たくま》しい男だった。一人で薪を拾っている。そこから少し行った先に少女の後ろ姿が見えた。

突き出た大岩の上にちょこんと座り、麓を眺めているようだった。膝の上に重ねられた手の上に蝶は留まる。

「……那兪」

少女は泣きそうな顔をした。

——逃げないで。

蝶のまま語りかける。銀色の髪はそのままだった。顔は少し日に焼け、人間味が出ている。

——話したい。

那兪は少年の姿になった。

「久しぶりだな、邁紗《まいしゃ》」

堕ちた天令の名を呼んだ。

宥と韻の二つの国の戦《いくさ》は断続的に百年にも及んでいた。

央湖を境に東西に分かれた二つの国は元は一つの大国だった。王家が分裂したために国が分かれたのだ。

つまり王位継承権は互いの国にまたがる。宥に王女しか生まれなかったことから、韻の王が宥の王位を主張した。するとそれまで女子の継承権がなかったにもかかわらず、宥国で女王を認める法ができた。

こうして長い戦へと突入していった。

当時、西の韻が飢饉《ききん》に悩まされていたために王に野心が生じたともいう。宥には豊かな穀倉地帯があった。

争いは次の代になっても続く。今度は韻の王に子ができず、弟の子が継承するにあたり、宥の王が韻の玉座を主張した。意趣返しであったのだろう。

しかし、こうした王家のいざこざでも戦となれば人は死ぬ。農地は荒れる。じりじりと両国は貧しくなっていった。

当然、王の求心力が落ちる。各地できな臭い動きも出る。飢骨《きこつ》などの魄奇《はくき》や暗魅《あんみ》も跋扈《ばっこ》し始めた。

こんなとき一発逆転する方法は戦に勝つことだ。

戦争が始まって互いに四代目の王となった頃には小競り合いでは済まない規模になっていた。本格的な大戦へと突入したのだった。

この頃、天令はまだ担当する国はなく、おのおのの裁量で地上の様子を観察していた。地上を見守る天令はおそらく誰もが胸を痛めた。それでも介入はできない。あれほど血が流れているのに。救いを求めているのに。

この状況に耐えきれなくなった天令がいた。

それが邁紗だった。

「……そうではない」

邁紗はぽつりと呟《つぶや》いた。

二人、大岩の上に並んで麓の景色を眺めていたが、那兪はすぐには切り出さなかった。邁紗が先に話しかけてくれるのを待ったのだ。

「心痛めて耐えきれなくなっただけじゃない。天令たちはそう思っていたのだろうけど」

邁紗はくすりと笑う。表情の豊かさを見る限り、人のほうに近い。それだけの歳月だった。

「もしかして、人間の誰かに特別な想《おも》いがあった？」

「そう。きっとあれが恋」

天令からそんな情緒的な言葉を聞くとは思わなかった。いささか面食らう。

「私は戦死しそうになったその人間を助けてしまった。それで閉じ込められた。何年かして戻ったらその人は別の戦に出て今度こそ死んでいた。私は……堕ちた。自ら堕ちた。堕ちるとはそういうこと。天は堕とさない」

胸に染みた。那兪もまたそれを実感しているところだ。

「自ら堕ちるか……」

「那兪も危ないのか」

「末期だ。だから捜していた」

天令同士の会話は端的だ。それでも今日はじっくり話さなければならない。

「思思はどうだ？　宜旺《ぎおう》は遊円《ゆうえん》は？」

「思思は駕《が》、宜旺は越《えつ》、遊円は燕《えん》。私は徐の守護天令だ。三人はうまくやっているのではないか」

「今はそれぞれの国についているのか。那兪もいい出会いがあったのか」

人懐っこい顔で訊かれ、那兪は首を傾《かし》げた。

「あれがいい出会いなのかどうかは知らぬ。だが、一緒にいると天令という傍観者ではいられなくなるのだ」

「那兪と恋の話ができるとは思わなかった」

「いや、別に恋ではない」

その辺の感情は理解できない。混同されるとややこしくなる。

「大災厄のことを訊いてもいいか」

「……訊くな」

そうだろうなとは思う。

「ならこちらが一方的に話す。間違いがあったら否定してくれ」

「大災厄になりたくないのか」

「当たり前だ。邁紗もそうだっただろう」

それには肯《うなず》いた。

「堕ちるのはいい。だが、大災厄にだけは……せっかく四つの国は持ち直しつつあるというのに、私が滅ぼしてどうする。いい加減な男だが、あいつなりに全力を尽くしたのだ」

「徐の寿白か」

「知っているのか」

「この間会った。私に訊きたいことがあったらしい。私はいっぱい泣いて、話にならなかった」

邁紗は涙を流すのか。それはもう天令とはいえない。

「寿白が聞きたかったのは黒翼仙《こくよくせん》の助け方だろう。知っているか?」

「知るわけがない」

だと思った。どう考えてもそればかりは手に負えない。

「焼かれて死ぬなら充分だろうに」

私などそれもない、黒翼仙以下だ、と言いたかったのかもしれない。

「どうしても助けたいのだ。それはあいつにとって玉座より大事なこと」

「英雄様は贅沢《ぜいたく》なのか」

「寿白は裏雲に大きな借りがある。償いたいと思うのは贅沢ではない」

邁紗は目を見開いた。

「贅沢ではないのか」

「ない」

「そうか……思ってもよいのか」

心から呟き、邁紗は涙ぐんだ。

「その涙はどこから来る？」

「わからない。最近泣いてばかりいる。今更どうしてだろう。那兪の悲しみが伝わってきたからかもしれない」

「それはすまない」

伝わるものなのかはわからないが、とりあえず謝っておく。まだ一番大事な話をしていない。

「まだ天令の力はあるか」

「無理すれば天令万華《てんれいばんか》になれる。光ることもある」

「封印具を作ってほしい。堕ちた天令が作らなければ効力がない」

裏雲《りうん》は持っている。師匠の白翼仙《はくよくせん》の持ち物だったのだろう。おそらくそれらも邁紗が作ったものだ。自分で自分を縛《いまし》めることはできないが、今の段階で手に入れておきたかった。

「そうだな。時間は稼げる。ないよりはいい」

「邁紗にしか頼めない」

堕ちた天令が彫って初めて意味があるものだった。そんな物は天ですら作れない。

「前に作った封印具はもう使えないか。そうだな、六百年も前だ。風化もするか」

「頼みをきいてくれるか」

「私は地上で生きてきた。嫌な人間も多かった。追いかけまわされたり、妓院《ぎいん》に売られかけたこともある。だけど、今はあの男……醐拾《ごしゅう》に助けられた。私は近頃よく眠くなる。だから山にいた」

先ほど薪を拾っていた男のことだろう。

「地上が滅べば醐拾もたぶん死ぬ。だから作る。呪文を刻めるのは私だけだ」

恩義を感じているということだろうか。

「感謝する」

「でも、それでいいのか。堕ちてしまえば封印具でも長く持たない」

「央湖に落としてもらうつもりだ。きっと、それが一番いい」

邁紗はまた泣いた。手の甲で目元を拭う。

「そう。天令は一人でこの身を央湖に沈めるなんてできやしない。いざとなれば体が動かない。だから私も封印具を作って、力尽くで誰かに落としてもらいたかった。これでも随分足掻《あが》いてみたのだ」

「邁紗よ、今ならその想いがよくわかる。私は大災厄で死なせたくない連中が増えてしまった。天令は堕ちようが堕ちまいが、荷物を増やしてはいけないのだなとつくづく思う」

うんうんと鼻を赤くして、泣きながら笑う。邁紗は本当にもう人の少女だ。だが、人としても生きにくいだろう。

「私のときはその前の堕ちた天令を見つけることができなかった。いたのか、いなかったのかもわからなかった」

「その点私には邁紗がいた。捜したよ」

「丈夫な天令の鎖を作ろう。あとで取りに来るといい。用意しておく」

「よろしく頼む」

那兪は再び蝶の姿になった。

(そういえば、邁紗は淡い桃色の天令万華だったな)

可愛《かわい》らしい姿をしていても、天令とは地上を滅ぼす最後の兵器。

もう天に戻れない。戻れば、閉じ込められる。懲罰は先送りに過ぎない。今、裏雲がいる間に始末をつけるべきだ。あの男ならば、天令を央湖に捨てることができる。

ただ、彼には酷なのかもしれないが。

青い蝶は王都泰灌《たいかん》へと向かう。

飛牙と裏雲はそこに向かったようだ。飛牙には会いたくないが、裏雲を見失うわけにはいかない。

大地に山河、人の営み。

こんなに美しい地上を誰がめちゃめちゃにしたいものか。

ここは飛牙が守った世界なのだから。

＊　＊　＊

泣く赤ん坊を抱き上げ、甜湘《てんしょう》はほうと息を漏らした。

近頃、火がついたように泣くときがある。育てやすい子だと言われたが、なかなかどうして赤ん坊は一筋縄ではいかない。

四国の西に位置し、年々砂漠化していく王国。燕の名跡姫《みょうせきひめ》は悪しき胤《たね》の制度を廃止し、堂々と好きな男と結婚した。風蓮《ふうれん》という娘にも恵まれ幸せなはずなのだが、そこはそれ、世の中はままならないもの。

「会いたい……」

飛牙に。それが本音だった。

だが、なにしろ相手は英雄だ。そうは見えなくても天下《てんげ》四国《しこく》に安寧をもたらす唯一の存在。

(ここは我慢ぞ、甜湘)

そう思って歯嚙《はが》みする。母の顔が怖くなったのか、赤子はますます泣いた。

燕王宮にはよく響く。もしかしたら乾いた国だから泣き声の通りも良いのではあるまいかと考えてしまうほどだ。

親にはなったものの、国のことも考えなければならない。やることは多い。摂政が代わったとはいえ、まだまだ女王の力も強いとは言えない。そのうえ赤子は泣くのだ。ときどきこっちが泣きたくなる。

乳母に任せてしまえばいいのだろうが、父がそばにいないのに母まで離れてどうするとつい無理をする。

徐の桃源祭とやらはさぞや楽しいのだろう。行けば、飛牙に会えたかもしれない。

そう思うとやっぱり悔しい。

（私が特使となって行きたかった）

越は王太后様が赴くというし、ご挨拶したかった。駕の特使とも話ができれば、北部鉱山の開発援助の件だって……ああ、もう悔しい。せっかくの外交の場でもあったのだ。

それでもこの小さな娘を置いてはいけなかった。輿《こし》に乗って国を越えるのだから、あまりに日数がかかりすぎる。

「よく泣くのう」

両腕の中で赤子を揺らし、まじまじと見つめた。

「何か心配ごとでもあるのか。母と違い、勘がいいのか」

もしや父である飛牙が気になるのか――などとついつい考えてしまう。始祖王灰歌《はいか》は天の声を聞いた。ならば、先祖返りのようにその力がある子が生まれてもおかしくはない。

「何か天が伝えておるのか」

尋ねても赤子は泣くばかりだった。そのうちいつまで泣かせていると、乳母や医者が飛び込んできそうだ。

「風蓮は父上が好きだったな」

飛牙があやせばよく笑った。こんなにいるかいないかわからないような父親でも絆《きずな》は強いらしい。

「父上は何をしているのだろうな。終わったら帰ってきてくれるとよいな」

風蓮を抱き、窓から南を眺めた。

街も山も日に日に春らしい色になっていく。

乳兄弟の黒翼仙と堕ちそうな天令を救うついでに四国も護《まも》る、そんな夫は息災だろうか。

二

かつて泰灌には長い桃の並木があった。

それは王都の誇りで、皆に愛されたものだ。易姓革命とやらが起こり、そのときは民も沸いていた。興奮状態にあったのだろう。壊した先の新世界は素晴らしいものになるかもしれないという期待があった。

だが、そんなものは妄想だ。

熱が冷め、現実に戻ると人々は春になって桃の並木がほとんどないことに気づいた。自らの手で桃源郷を破壊したのだと悟ったのだ。

あれがどれほど王都の民に希望を与えていたか。

庚《こう》王は街に桃の木を植えることはしなかった。代わりに血が流され続けた。庚になってからの粛清は凄《すさ》まじく、街の大広場は処刑場と成り果てていた。

人の心まで荒廃し、苦い歳月が過ぎていく。

裏雲は宦官《かんがん》としてそんな様子を見てきた。憐《あわ》れとも思わなかった。何故《なぜ》なら、奴《やつ》らは殿下を殺した。

庚王だけが殺したのではない。民も殺したのだ。

ずいぶんと恨んだ。あれほど国の未来を考えていた子供を狩ったのだから。

黒い翼がなくとも、きっと復讐《ふくしゅう》に囚《とら》われていただろう。それが私だ。すべてにおいて、殿下が優先される。殿下を守るためなら、百万でも千万でも民を殺せる。

裏雲はそんな気持ちを思い出していた。

泰灌に到着して宿をとり、二階の窓から眺めるのは少しずつ甦りつつある街並みだった。去年植えたのであろう桃はまだ花を咲かせるほどではない。それでもすべての桃がなくなったわけではなかった。街の者たちが秘かに世話をして守ってきた木もいくらかはあった。

そんな中、三日間桃源祭を行うというのだ。

それはきっと亘覧《こうけん》の矜恃《きょうじ》だろう。兄にも負けぬほど国を憂えた子供だった。成功させてやらねばならない。

祭りが成功して、徐国は名実ともに甦る。

三国から来賓も迎えるらしい。駕国の宰相が開戦を考えていたということが、天下四国の連帯を強化するきっかけとなった。これから四国は新しい時代を迎える。その先に素晴らしい未来があるかどうかは誰も知らないが、留まって腐ってばかりはいられないものだ。

「殿下はどこにいったものやら」

一緒にいれば相乗効果とやらで目立つ。街では別行動をとることになった。あれでどこにでも自然に溶け込む男だ。一人なら誤魔化しもきくだろう。

生きている間に、裏雲には大きな使命ができてしまった。

あの天の宝石のような天令を封じて、央湖に捨てるという黒翼仙にふさわしい、やりがいのある使命だ。殿下は何も知らない。できれば知らないまま終わらせてしまいたい。殿下は那兪がどうなったかわからないまま天寿をまっとうするのだ。

(それこそが私と那兪の願い)

少し笑うと、宇春《うしゅん》が睨《にら》み付けてきた。

「企《たくら》んでいる」

猫少女に図星を指される。

「間男は大事な友達なのだろう」

「ちょっと違う。殿下は私の命だよ」

「……友達でいい」

なにやらまた諭されている。この暗魅はこれでなかなか勘がいい。

「宇春、頼みがある。あそこに火《ひ》の見櫓《みやぐら》があるだろう。あそこならここより眺めもよさそうだ。上ってくれるか。人間は立ち入り禁止らしくてね」

「わかった」

詳しいことを言わなくとも、宇春は理解してくれる。それだけこちらも見透かされているということだ。

宇春がいなくなり、一人になるとまた物思いに耽《ふけ》る。

まずは天令の始末より、祭りで外に出る亘覧を守ることだろう。王が現れるのは祭り二日目、明後日だ。残党はすでに街に入り、計画を進めているはずだ。不自然な動きを見せている者は必ずいる。

怨嗟《えんさ》は怨嗟を生む。途切れることなく続く。それを断ち切る唯一の方法が完全に滅ぼすことだ。庚王はそれをし損なった。こちらは完璧にやり遂げなければならない。

もちろん、餬拾も含めて。

できる限り、汚いことは殿下に知られないようにやる。そのつもりだった。私を助けるという殿下の希望には添えないかもしれないが、黒翼仙だからできることがある。

王の輿は城の正門から大通りに向かう。大広場には露店も並び、人がごった返すだろう。狙われやすいのはそこだが、当然警備も厳重でそう簡単に近寄れない。弓矢で狙うとすればどこか。

自分が残党になったつもりで考えてみる。

少年王を確実に殺すのか、それとも祭りを大惨事にすることを望むのか。

(両方できれば尚《なお》よいか)

あらかじめ火薬を仕掛けるのは難しいように思える。大広場は逆に見通しが良すぎるからだ。すでに警備の兵の警戒はかなりのものだった。それを突破できるほど、残党が入り込める隙があるとは思いにくい。

やはり衆目に晒《さら》された状態で王を殺すのがもっとも衝撃が強いかもしれない。

あまり決めつけないほうがいいだろう。所詮残党は裏雲ではない。王は輿ではなく、馬の可能性もある。裏雲の知る亘覧は馬にもあまり乗れず、剣術なども苦手だった。しかし、子供とは逞しく成長するもの。

「あれは……」

春にふさわしい鮮やかな蝶が飛んできた。青い羽は陽光を浴びて煌《きら》めいている。虫が嫌いなものでもあれならば捕まえてみたいと思うだろう。

窓から手を差し出すと蝶が留まった。

「光を隠しきれないようですね」

――そのように作られた。

「天に？」

――そうなのだろう。気づいたら存在していた。この姿で、自分が何者かもわかっていた。

「で、堕ちそうですか」

――すでに落下の途中のようなものだ。

「堕ちた天令とは会いましたか。殿下があなたを呼んでいた」

――会った。今は封印具を用意してもらっている。

「あの様子では泣いて嫌がるかと思いましたが」

――邁紗はよく泣くようになった。笑いもする。だが、作ってはくれる。助けてくれた翩拾という者を大災厄で死なせたくないのだろう。

ほう、と裏雲は感心した。庚王の弟はそこまで堕ちた天令に思わせたということか。世界を護る機会を与えられたのかもしれない。

(もっとも生きていてもらっては困る残党だ)

いずれ消す。その気持ちに変わりはない。

「殿下とは会わないままでよろしいと?」

──会えばまた背負い込む。それがそなたの殿下であろう。

「よくわかっていらっしゃる」

なにやら殿下を挟んですでに同志のようだ。

「私のことはよく思っていなかったでしょうに」

──当たり前だ。黒翼仙とは大罪を犯したうえに蝕《むしば》まれる者なのだから。天が焼くのではなく、そういう翼を背負わされたのだ。今、与えられている猶予は飛牙を動かすためだろう。

「なかなか狡猾《こうかつ》ですね。私は餌だ」

──天とは仕組みなのだと近頃は思う。情を期待するものではない。

それならそれでいい。思えば、殿下に妻子ができたのは僥倖《ぎょうこう》だったのかもしれない。黒翼仙と堕天令が消えても戻る場所がある。

──以前、私を拘束したものは残っているか。

荷物の中から鉄の鎖を取り出して見せてやる。

「虫籠は旅の途中で壊れましたね。木製でしたから。足枷《あしかせ》のほうはこのとおり持っていますが、彫られた呪文がここ最近急に薄くなってきています。これも風化でしょうか。駑国の天令もわざわざ助けずともいずれ逃げられたのかもしれません」

──やはりな。

その理由が思いつくらしい。だが、話す気はなさそうだった。

「より確実に消えたいなら新品のほうがいいとは思います──外を歩きませんか」

実際大広場に立ってみようと思っていた。

「庚の残党がなにかやらかそうとしているらしいのです。殿下は虞淵《ぐえん》とそれを調べに行っている」

──争いの種は尽きぬか。

「そういうことです。だからここで潰す。どうせ堕ちるのですから、手伝ってくれませんか」

──そうだな……それも一興か。

天令様はもう堕ちる境地に達している。今までなら可愛らしい顔で怒っただろう。それが少し悲しくもある。

ちょうど宇春もいない。今なら天令を肩に乗せて歩いてもよさそうだ。

頭巾を頭にかぶる。これではどちらが不審者かわからないが、あまり顔を晒したくない。憎んでもいる、憎まれてもいる、それが王都泰灌だ。

宿を出て、大広場へと向かう。丘の上にある王宮は庚の頃とは一部変わっているようだ。本当なら全面的に建て替えたいはずだが、そこに予算を割くことはできない。丞相《じょうしょう》も頭が痛いことだろう。

――桃の木が昔どおりの並木になるにはまだ何年かかかるだろうな。

「私もあなたもそれを見られそうにない」

往来で普通に話すわけにはいかないので、頭巾の下で呟く。

――そなたにはまだ望みがあろう。

「堕ちた天令を災厄の前に始末したことへの恩賞に期待しろと？」

――ありえるかもしれない。

「そして私はあなたを殺したことを殿下に内緒で生きていく。なかなかの地獄ですね」

――すまない。

「いえ。お互い賭けるしかない」

殿下が護った四国を今度は私が護るだけ。

天令はもう何も言わなかった。見つからないよう、頭巾のたるみの中にいる。それでも同じものは見えるだろう。

大広場は明日からの祭りに備え、露店の準備が整ってきていた。人通りはすでに多い。

かつて幾度も処刑が行われた場所だ。誰もが悲しみを上書きしたい。その意思が感じられる。

(私はここに飢骨を呼び寄せた)

人が喰《く》われるのを城壁の上から見た。

罪は消えない。殿下よ、私には救われる資格がない。本当は今でもそう思っていることを殿下には言えなかった。

ここに来れば尚更《なおさら》だ。

「先ほど王宮に駕国の上官吏が到着したそうだ」

「あの国がねえ」

そんな声が聞こえてきた。

辛酸を舐《な》めた国王陛下夫妻にも、はるばる使者を送るだけの余裕が出てきたということだ。そして再び国を開いたということ。まだ寒い中を無理してでも外交に加わろうとしたに違いない。

「知っているか、越からは王太后様が来たんだぞ。越の前王に嫁がれたうちの王女様だった方だ。いいお歳《とし》だが、元気な様子とか」

「それはまたすごい方がいらしたな」

越からは瑞英《ずいえい》王太后自らやってきたというのは昨日聞いた。寿白の大叔母にあたり、越では世話になったようだ。嫁いで四十数年。故郷に帰りたいと願っていたようだから、もはや官吏になど任せておけなかったのだろう。逆に言えば、それだけあの方にも自由な時間ができたということだ。

今年に関してはそれほどの祝典だ。

四国は天を支える四つの柱。どの国であろうと決して滅ぶ筈はなかった。十年前、徐が滅んだときその自信は崩れ去った。他三国にとっても、それほどの激震が走ったことだったろう。こうして再び始祖王が打ち建てた四つの国が並び揃ったのだから、祭りの来賓という形であろうが、四国会議が行われることは間違いない。

損得勘定という下心はとりあえず隠し、四国の安寧という大義名分のもとに駆け引きが繰り広げられる。

外交とは仲良しごっこではない。

「ここは何を売る店ですか」

裏雲は露店を組み立てている男に話しかけた。

「うちは串焼きだ」

「こういう店の許可は誰でもとれるものなのですか」

「いやあ、けっこう厳しくてな。身元を検められたよ」

手順を聞く限り、身元保証人も必要だったようだ。露店を出せば、大広場で火も使える、刃物も持てる。残党なら潜り込みたいところだろう。

残党も徐の民。多少審査が厳しくとも許可を得るのはできないことではない。

「祭りができるようになったってのはありがたいことだよなあ。おらあ、嬉《うれ》しいよ。さあ明日から稼ぐぞ」

髭面《ひげづら》の露店主は心からの喜びを見せた。

これが国を護るということだと思う。寿白殿下は毎年これを見て、良き王になっていくはずだった。名宰相として傍らには悧諒《りりょう》がいるはずだった。

だが、一人は失意のまま異境に逃げ、一人は人の道さえ踏み外した。

今度は〈光〉が堕ちようとしている。天令が堕ちれば地上は崩壊する。

（私は護れるだろうか。護れたとして、〈光〉はそれでいいのか）

那兪を央湖に沈めた私を殿下は許さないかもしれない。だから知られずにことを済ます。それが那兪の望みでもあった。

――あの兵士……。

「どうしました？」

那兪は槍《やり》を持って警邏《けいら》している一人の兵士が気になったようだ。

――見覚えがある。この大広場で処刑が行われようとしたのを飛牙と私で止めたときだ。そのときにいた兵の一人だ。

確かに街の青年団か何かを処刑しようとしたことがあった。あのとき白い光が放たれ、殿下は大立ち回りの末、青年たちを逃がした。あれは庚が滅ぶ第一幕となったものだ。

「あれだけ人がいたのに、よく覚えていますね」

――嬉しそうだったからな。嫌な印象がある。

「ほう……」

徐の兵も庚の兵になり、庚の兵も徐の兵になる。民にしてみれば国名や忠誠より暮らしだ。そんなことは那俞もわかっているだろう。それでも気になったということだ。

とはいえ下手に話しかけて、こっちに気づかれても困る。宦官きっての色男だった裏雲はそれなりに顔を知られている。

「よっ、ご苦労様です」

くだんの兵士に気軽に話しかけていった男がいた。酔っているような口調で、着崩した派手な着物を身につけていた。髪は結んでもいない。

(殿下……!)

すぐには気づかなかった。祭り前日とあって、多少はこんな格好の者もいる。

――おそらく飛牙も気づいたのだ。しばらく様子を見るといい。

天令の指示に従うことにする。素知らぬ顔で街並みを眺めているふりをした。ろくでもないことをして生き抜いてきたという殿下のお手並みを拝見しよう。

「話しかけるな。捕まりたいのか」

「なんだよ、俺のこと知らない？　ほら、いよいよだろ。緊張してるからさ。息抜きしたくてさ」

兵士の表情が少し和らいだように見えた。

「そうか……しかし、見つかってはまずい。自分の役目を果たせ」

これはこれは。

どうやら殿下は金鉱を掘り当てたらしい。しかも殿下のほうは嘘《うそ》はついていないのだ。向こうが勝手に誤解しただけだ。

「あとで会おうな」

「そうだな、前祝いといこう」

互いににやりと笑って通り過ぎた。

寿白と飛牙は似て非なる者。見かけた程度では両者は結びつかない。こういうところは見事だと思う。裏雲にはなかなかできない。

殿下の胸元から蜥蜴《とかげ》が出てきて、地面を這《は》い、大広場の物陰に隠れた。ここからは兵士の見張りは虞淵に任せるらしい。

殿下が囁《ささや》いた。

「先に部屋で待ってる」

留まらずにすれ違うとき、殿下が囁いた。

こちらに気づいていたらしい。お互い決して目を合わせない。宿は同じでも部屋は別だ。そこは慎重に動いていた。

(だが、この中に可愛い天令がいることは知らない)

頭巾を押さえ、裏雲は飛牙とは逆方向に歩いた。

──王のおなり前に片付けられるかもしれないな。

「もちろん、そのつもりです。祭りを穢《けが》させません」

口元を頭巾で隠し、蝶と話をする。

「当分晴れそうだ、素晴らしい祭りになるでしょう」

殿下が取り戻した徐国に傷などつけさせない。

そんな企てがあったことなど、来賓も民も知らないうちに、祭りはつつがなく終わるのだ。

──私は王宮を見てくる。あとで宿に行く。

「お待ちしてます」

飛んでいく蝶を見送り、少し遠回りで宿に戻ることにした。

三

徐の王宮は祭りを前に華やかに彩られていた。

庭師たちがこの時期に合わせ、一足早く咲かせた花々も庭を春に染めている。四国会議に徐国の威信がかかっているのだ。

そんな様子を庭木の枝から眺める那兪にもある種の感慨があった。徐国の城はどこよりも美しかった。それが〈易姓革命〉とやらで無残に荒らされ、庭に屍《しかばね》が積まれることになった。あの悲惨な時期も見守らなければならなかったのだ。

城壁には武将や官吏たちの首が並び、女たちは陵辱されて殺された。街には火が放たれ……それでも何一つ手は出さなかった。

玉を授けた幼い寿白に懇願されようとも。

その後は見て見ぬふりをした。自分は徐国の守護天令であって、庚とは関係ないと思った。

見守ることは見捨てること。少なくとも確かに天令はそうしてきた。

人間なら心が病んだとでもいうのだろうか。おのれが天とは異質なものに変わっていくのを感じていた。飛牙と再会する前から、もう堕ちかけていた。

「あ、綺麗《きれい》な蝶々」

男の子の声がして那俞は驚いて上へと飛ぶ。見れば、徐国国王亘筧だった。少し背は伸びたようだが、素直な品のいい顔立ちはそのままだった。

「陛下、蝶どころではないのよ。これから越の王太后様とお会いするのですから」

後ろからついてきた女は亘筧の母親だ。まだ若いが、彼女は王母陛下と呼ばれているらしい。庚王の后《きさき》であったことは消してしまいたい過去であろうから、王太后とは呼ばれたくないだろう。実質は二人の女の会談なのだ。そこまで企画したのは丞相聞《ぶん》老師《ろうし》か。

「王太后様は兄上とも親しいのでしょう。お話聞けるかな」

「寿白殿下は越の国王陛下と義兄弟になったとか。まったく、あの方は」

王母はくすくすと笑った。

「おかしいよ、兄上は私だけの兄上だよ」

「あなたの兄上は愛される子だったわ」

でも他に兄弟を作るなんて、と亘筧はちょっと不服なようだ。このあたりはなにやら裏雲にも似ている。

「愛されすぎる子も大変でしょうね。重荷が増えていく」

「どういうことですか」

「ううん、いいのよ。さ、参りましょう。王太后様がお待ちだわ」

二人は庭を通り、越の王太后が待つ部屋へと急ぐ。そのあとを蝶は目立たないように追っていく。

王母は寿白の理解者のようだ。重荷を増やしてしまうその性質を見抜いている。

もちろん玉座も重荷だろう。だが、それはまだ亘覧という代わりがいた。黒翼仙と堕ちかけの天令を引き受けようとする酔狂な者など他にいない。

「こちらです、陛下」

使われていない棟の前で手を振る娘がいた。忘れもしない蘭曜《らんよう》だ。今は丞相の孫娘としてここで働いているとみえる。

「蘭曜、あとで遊んでくれる？」

「じゃ、王宮探検します？　ここ地下が面白いんです、隠し部屋とかありそうで」

王の遊び相手としてはあまりお薦めできない。

「ほどほどにね。王太后様のご様子は？」

「故郷に興味津々のようです。ずっとお庭を見て回られていました。わたし、とても仲良くなっちゃいました。さあ、どうぞ」

蘭曜はちょっと自慢した。

「瑞英王太后陛下、国王陛下と王母陛下がお見えになりました」

扉を開け、蘭曜は恭しく中で待つ女傑に伝えた。

王母の陰に隠れて部屋に入ると、すぐに天井に留まった。こざっぱりとした部屋がこの会談が非公式なものであることを示しているかのようだ。恰幅《かっぷく》のよい王太后は亘筧を見るとすぐに駆け寄った。

「亘筧陛下であられるか。なんと、許毘《きょび》によく似ていることか。間違いない、これは間違いない」

亘筧の手を取り、涙ぐんだ。

どこかで本当に許毘王の子なのかという疑念があったのかもしれない。それも無理もない話だ。王母は庚王の后だったのだから。だが、こうして亘筧に会い、正統な尊い血であると確信できたのだろう。

(許毘王の幼少期を知る越の王太后が太鼓判を押したことで、亘筧への疑いはすべて払拭できることになる)

もしやそのために丞相と王母が王太后を招聘《しょうへい》したのかもしれない。やはりなかなかの遣り手《やりて》だ。

「王太后様、遠路はるばるありがとうございます」

「なんとお礼を申し上げてよいか……」

亘筧と王母が頭を下げた。

「なんの。指名してくれて助かったわ。こうして生きているうちに祖国の土を踏むことができた。王母陛下、よくぞ耐えてくれた」

王太后は王母の手を握った。王母もまた目を潤ませる。女同士であればこそわかる想いがそこにあったのだろう。

「いえ、わたくしなどは……寿白様の苦難に比べれば」

「そうだな。どれほど辛《つら》かったであろうな、子供だったのだから。だが、英雄には必要なことだったのかもしれぬ」

感動の対面を果たし、三人は長椅子に腰掛けた。

「王太后様、兄上は越でも活躍なさったのですね」

「うむ。あれがいなかったら今頃我が国はどうなっていたことか。改めて礼を言いたいが、この祭りに来てはいないのか」

「連絡はございません。どこにいらっしゃるのやら」

「駕国に行き、そこでもなにやら動いたようだな。それから燕に入り、央湖の山で裏雲と一緒にいたとか」

よく調べているようだ。越の諜報《ちょうほう》機関も英雄の動向には目を光らせていたらしい。

「裏雲と？　兄上は裏雲と一緒にいるのですね」

「そうらしいな」

「ああ、お会いしたい。お二人に――もしかして天令様も一緒なのでは」

「天令か……かもしれぬ」

王太后の脳裏には寿白の従者を名乗って王宮に現れた少年の姿が思い浮かんだのかもしれない。だが、さすがにそれは明言しなかった。天が絡めばややこしくなる。

「私の兄上はすごい方なのですね」

「そうは見えぬがな」

三人が揃《そろ》って笑った。共通の話題があるというのはいいことだ。

「さて、国王陛下より書状を預かってきた。有り体に言えば、陛下は徐国との交易の拡大を望んでいる」

「願ってもないお話です」

「ご存じか、駕国には豊かな資源が眠っているらしい」

「そのようですね」

「燕など攻め入られていたかもしれぬというのに、その件ですぐに特使を送ったわ。やりおる。今頃、あちらも密談中であろう」

燕と駕、越と徐がそれぞれいち早く話し合いの場を設けたということらしい。

「燕の王女様に子が生まれたとか。たいそう凜々《りり》しい名跡姫だそうですね。内乱をおさめ、胤の制度を廃止したそうではありませんか。その夫殿下は……噂《うわさ》がございますね。多くを考えていらっしゃるのでしょう」

「どの国も先が楽しみじゃな。悪いことばかりではない」

こくこくと二人の女が肯いた。

「これからでございますね」

「今晩の四国会議の前に王母陛下と話せてよかった」

「はい、わたくしも」

このあたりの思惑が理解できるようになるには亘覧はまだ幼かった。


女たちが外交を語り始めたところで、那俞はその場を離れた。

もう一組の密談はどこでやっているのか、王宮を飛び回りながら探す。来賓を迎え忙しいらしく若い官吏たちが走り回っていた。

「では、これにて」

「両国のために」

男が二人、そんな言葉を交わしながら部屋を出てきた。

一人は燕の財務官吏有為《うい》だ。もう一人は駕の国王付の官吏皓切《こうせつ》といったか。国を代表してやってきたらしい。それぞれ今は王の側近なのだろう。

すでに話し合いは終わったらしい。表情からして満足のいくものだったのではないか。四国はこうして結びつきを強固にしていくのかもしれない。

内容は聞けなかったが、来賓の顔ぶれはわかった。甜湘なら自らの参加を望んだのではないかと思うが、さすがに乳飲み子を抱えての旅は諦めたらしい。

次は祭りの警備がどうなっているかを探ることにする。残党の動きを知っているのかどうか。楊栄《ようえい》将軍が加わり、強化されていると聞く。

「王都に入る者はもう少し制限してもよかったのではないか」

兵らしき者の声がするほうへと向かった。

「しかし、せっかくの祝典に水を差したくないとの陛下のお気持ちもありましたから」

「丞相閣下は？」

「気にしておられます。残党が暴れるならこの機ではないかと」

「問題はそこだ。残党を率いているのは誰なのか」

この男が楊栄将軍だ。那俞も王都奪還の折に見ている。

「翩拾ではありませんか」

「そうとも思えぬ。私も調べたが、翩拾は徒党を組まない。なにより庚王にも追われた男だ」

翩拾とは邁紗と一緒にいた男だろうか。だとすれば、関係ない。

「なんとしても陛下をお守りせねば。矢を射かけられる場所は徹底的に封鎖せよ」

「ははっ」

「後宮の女官たちも外に出るのであろう」

「はい、昔から祭りのときだけは許可が出まして」

女官といっても、今の王は子供。寵妃《ちょうき》たちはいない。王母の世話と後宮を維持するための人員で多くはないだろう。先ほどの様子でも以前の華やかさはなく、落ち着いたものだった。

ともあれ、軍は残党を警戒しているらしい。見聞きしたことを報《しら》せるため、那俞は一度裏雲の元に戻ることにした。

四

「そうか、軍もちゃんと残党のことは警戒してるんだな」

飛牙は王都泰灌の地図を眺めながら安堵《あんど》していた。

「さすが、裏雲。兵から聞き込んだか？」

「まあ……そこはいろいろ。それより、虞淵はどうした」

「まだ来ない。じっと見張るのはあいつの得意だ。任せようや」

虞淵に関しては信頼している。飛牙は宿の部屋で裏雲とともに報せを待っていた。

宇春もまだ動いているらしい。

「陛下には会わないのか」

「祭りが終わったら考える。今はお客様やってる場合じゃねえ」

裏雲はお茶を口に運び、息を吐いた。

「奴らが陛下の命を狙っているのだとしても、それで庚が復権できるわけではない。陛下が死んだところで、徐には英雄殿下がいるのだから。そこはわかっているはずだ。単なる復讐が目的なのか」

「確かに俺も殺さなければ意味はないな」

復讐と考えていいのかもしれない。だとすれば、悲しい話だ。最後の一人が死ぬまでいつまでも繰り返されるのか。

「恨みってのは人を鬼にしやがる。俺も翩拾を殺しかけたしな」

それればかりは理屈じゃない。

「……殺さなくてよかったのか」

「苦い想いはもうたくさんだ。しかし、命がけで復讐したいほどの身内や忠臣が庚王にまだいたのか」

「どうだろうな。奴らも辛酸を舐めただろう。庚王への想いではなく、屈辱や怒りが強いのかもしれない」

そういうものならドブに捨てたほうがいい。自分の屈辱などたいしたことではない。

男娼《だんしょう》としてつけられた飛牙という名を今も使っているのはそう思っているからだ。

「あの天令は翩拾が守ってくれているんだろうな」

「守られてなくとも天令なら死にはしない」

「死ななきゃいいわけじゃない。天令だって痛みはあるさ。だから堕ちるんだ」

裏雲は溜《た》め息《いき》を吐いた。

「那兪がここにいたなら、あれこれ背負うなと言うだろう」

「背負ってねえよ。ま、とにかくあの天令にはまた会わなければならない。早いとこ、こっちを片付けないと」

「日が暮れてきた。四国会議は今宵《こよい》。今夜は城壁の周りに多くの兵を出すだろう」

「四国会議か。おばちゃんに有為に皓切だっけ。揃ったものだな」

「どの国もこの機会に賭けているということだ。四国揃うのはおそらく初めてではないか」

「何かあれば再興した徐国の面目にも関わるか——おっ」

そのとき窓から蜥蜴が入ってきた。

「ご苦労さん」

蜥蜴は床の上で人の姿になる。この変化はいつ見てもなかなか面白い。天令だと一瞬だが、暗魅はその過程が見える。

「先ほどの兵士は勤務を終え西区の民家に入っていきました」

「普通の家か」

「老人の独り暮らしの小さな家です。宇春がまだ見張っています」

猫と連携していたらしい。虞淵が弟分として宇春をたてているからか、相性は悪くなかった。

「それでは案内してもらおうか。露払いの前夜祭だ」

裏雲が立ち上がると、虞淵は再び蜥蜴に戻った。このまま、残党狩りになることを予測し、外套《がいとう》の下に武装する。

先に飛牙が出て、遅れて裏雲が続く。宿の者に連れだって行動しているように思わせないためだが、向こうは祭り前で忙しくそこまで気にしてはいなかったようだ。

ちょうど日が暮れていた。

蜥蜴に先導され、暗い道を離れて歩いていく。まだ人の往来は多く、祭りの準備が終わっていないのか飾り付け作業も続いていた。

王都は広く、かつて転がり込んだ聞老師と蘭曜の家などかなり辺鄙《へんぴ》なところにあった。あの二人も今は城暮らしだろう。聞丞相は四国会議の進行役もしているのではないか。

蜥蜴は小路《こうじ》に入り、貧民街へと進む。灯《あか》りの漏れる一軒の家の扉にへばりついた。

ここだという合図だ。

同時に屋根から音もなく少女が降りてきた。

「この地下。ここの老人を入れて六人いる」

宇春はこれを伝えるために人の姿で待っていたらしい。

「全員揃っているわけではないようだね」

「集まれる者だけと言っていた」

この家に大勢が集まれば、確かに不自然だろう。

「他に出口は？」

「ない。だけど、壊して出るのは難しくない。地下への出入り口なら流し」

確かに木造の古い家はどこもそんなものだろう。窓というより穴だ。

「散会されないうちに六人を潰すか」

飛牙は一応裏雲に確認する。

「増えればこちらも無傷でいられない。まずはやるべきだ。あとから来るなら、その都度やればいい」

その返答に納得したものの、思うところもある。

「私が殺す。英雄はそこまでするな」

「馬鹿言え。殺すから英雄だろ。そういうもんだ」

天がこの考えを気に入るかどうかはわからないが、奴らは捕まれば処刑される。だから死ぬ気でくる。下手な遠慮は意味がない。ないが……どうするか。

「二回と三回扉を叩《たた》く。それが仲間の合図」

宇春はそこまでしっかり見てくれていたらしい。さすが、裏雲の猫だ。

「ありがとな」

飛牙は外套の頭巾をかぶった。言われたとおり扉を叩く。

中から扉を開けたのは疲れた顔の老人だった。ぎょろりとした目でこちらを見る。この男が仲間全員の顔を知っている可能性はある。

「悪いな」

すぐに鳩尾《みぞおち》に一発くれてやった。年寄り相手に乱暴だが、いたしかたない。倒れかけたところを受け止め、床に寝かせる。

「英雄になる気はなさそうだな」

「実はあんまりねえ」

気を失った老人を縛り、猿ぐつわを噛ませておいた。

「あとで聞きたいこともあるだろ。死人では喋《しゃべ》れない——流しはそこか」

こっちが押し込みの強盗のようだ。

下から物音がした。床が持ち上がり、人の顔が見えた。

「来たのか」

「差し入れがある。手伝ってくれるか」

「ああ、わかった」

上がってきた男のうなじを刀の鞘《さや》で殴り、二人目を倒す。悲鳴も上げさせない。あとはそのまま穴に飛び降りた。

中にいたのは四人。女が一人いた。敵襲に気づき、すぐさま襲いかかってくる。中は薄暗いうえに狭く、戦いには向かない。刀を抜かず、後ろから腕を取り肩の関節を外した。これで一人、向こうで裏雲が同じことをして一人を倒す。その男が昼に話した兵だった。

「あんたたち、兵じゃないわね」

女が短刀を構え、壁を背にした。

「俺たちは徐の〈残党〉さ。刃物を捨てろ」

女は目を見開くと自棄《やけ》になったのか笑った。

「嫌よ」

飛牙の目の前で女が自らの喉を切り裂いた。その迷いのなさに止めることも叶《かな》わない。

「だ……っ」

駄目だと叫び終わる前に、女は血を噴き出して崩れ落ちた。その血を浴び、飛牙は振り返った。

残った若い男が刃物を捨て、両手を挙げた。浅黒い顔は恐怖に引きつっている。

「助けて……くれ」

「他に仲間は？」

「いると思うが、知らない。本当だ」

「この女の名前を知っているか」

「雨桐《うとう》と呼ばれていた」

それは本名ではないのかもしれない。用心しているだろう。

「まだ女もいるのか」

「……たぶん」

「王を殺す計画があったのか」

若い男はこくこくと肯く。まだ少年と言ってもいい年頃だろう。

「殺して庚を再興させたかったか」

弱々しく首を振った。

「そんなことできないって奴らだってわかってた。俺はただ出稼ぎに来て雇われただけだ。金がいるんだ。徐だの庚だのどうでもいい。おまえらが勝手に殺し合えばいいんだ。田畑だって滅茶苦茶《めちゃくちゃ》だ」

唾を吐いて泣き叫ぶ男に飛牙は言葉を失う。

「どうする」

裏雲は他の男たちを縛り上げ、判断を飛牙に任せた。

「そいつらはここで縛られていればいい。楊栄には報せておく。こいつは……逃がす」

飛牙は若い男の襟首を摑《つか》んだ。

「俺は殺し合いたくねえんだよ。いいか、門はもう閉まっただろう。朝になったら泰灌を出ていけ。いろいろ悪いが……戻った徐と亘覧王をもう少し待ってやってくれ。頼む」

飛牙は手を離すとその場に跪《ひざまず》き、頭《こうべ》を垂れた。

「ここを出て、どこかで朝を待ちな」

男は肯くと、震える手足をもつれさせながら梯子《はしご》を上り、外に飛び出していった。

「いいのか。彼は仲間のところへ駆け込むかもしれない」

「そのときはそのときだ。なんで死ぬんだよ、胸くその悪い」

「女のほうが覚悟ができているかもしれない。行こう」

飛牙は外套を脱ぐと女の亡骸《なきがら》を覆った。こういうのはなくならない。どんな英雄が現れようと、素晴らしい王がいようと。万人は救えない。

残党の隠れ家を出て、宿に戻ると飛牙は布に手紙を書いた。楊栄将軍に宛てた短いものだった。

それを宇春に運んでもらうことにする。この猫はかつて庚王宮で暮らしていたのだ。城の中のことは詳しい。

「すまないな」

「間男じゃなくて裏雲に言われたからだ」

宇春は首に手紙を巻き、猫の姿に戻る。そのまま窓から出ていった。

「あの子は一度覚えた呼び名は変えない。悪気はない」

「いいってことよ。英雄より間男呼ばわりのほうが気楽だ」

寝台に転がり目をつぶる。死んだ女の最期の笑顔が浮かんできて、すぐに目蓋を開いた。

(他の連中は自害してない。だが、あの女は死んだ。捕まって口を割りたくなかった

からか)

飛牙は考え込む。これがどういう意味を持つのか。あれは一種の演説か抗議のようなものでもあるのではないか。

「楊栄将軍には騒がずに対処するよう伝えたのだろう」

「ああ。祭りは成功させなきゃならない。今、徐に必要なのは穏やかな日々を取り戻すことだ。怖いものは見せたくない」

民が殺伐としていいことなど一つもない。逃がしたさっきの若者が言ったことは本音なのだ。ああいう意識はまだ民の間に残っている。

「それには同感だ。残党はまだいるらしい。あとは将軍に任せるのか」

「一味には女もいる……もちろん強い女もいるだろうが、気になるな」

「まだ調べるのだな。私は部屋に戻る。虞淵を頼む」

裏雲が部屋を出ていった。虞淵はすっかり飛牙の蜥蜴になっている。寝台の隅で丸くなっていた。

(徐の残党だと名乗ったことに驚いていたよな)

目の前で喉をかっ切った女からは他の男たちより凄まじい憎悪を感じた。

女の強い恨みは男とは違うところがある。飛牙の波瀾万丈《はらんばんじょう》な人生経験からして、そう思えた。

矜恃の問題などより、もっとこう……。

五

「出てきていい」

裏雲が袖をひらひらさせた。そこから蝶の形で出てきて、那兪は安堵の吐息とともに人に姿を変える。

衣類の中に隠れるというのは蝶には向かない。猫や蜥蜴は懐《ふところ》におさまって安心できるようだが。

「殿下も私の袖に愛《いと》しい天令がいるとは思わなかっただろう」

「最後まで会わないつもりだ」

「あなたの複雑な想いとやらは共感できる」

黒翼仙に共感されているようでは終わりは近い。

「残党狩りとは。結局血を見たか」

「仕方ありません。向こうは国王陛下暗殺を目論《もくろ》む連中だ。要は戦争」

裏雲は寝台に腰をかけた。少し疲れた顔をしている。火刑の執行が延びただけで、黒い翼は未《いま》だ裏雲を蝕んでいるのかもしれない。

「天令様なら慣れているのかと思いましたが」

それだけ永く存在していると言いたいのだろう。確かに誕生と死は地上の理《ことわり》。そこに今更感慨もない。

「見るだけならそうだ」

「自分では人を手にかけない？」

「人を殺すほどの干渉はあるまい。人を見守るのが天令だ」

「見守っているのか見捨てているのかという葛藤に苦しんでいるのは滑稽ですね。他の天令は割り切っているでしょうに」

以前ならこういう言われように腹をたてたのだろうが、今はそれすらない。おのれの中の静けさが怖かった。

私は天令としては不良品。以前飛牙に那俞は珍しい成功例だと思うぞ、と妙なことを言われたが、やはり私は胸の痛みという欠陥を持って生まれてきた天令だ。

「天令の割り切りとは綱渡りに近い。堕ちたあとが恐ろしいから踏ん張っている。下はあまり見ない。見てしまえば、堕ちてしまう。だが、恐怖より絶望が大きくなればそれも難しい」

「難儀ですね。私は焼かれればいいだけだからその辺は気楽です」

「飛牙は苦しむ」

「妻子がいる。よかったと思っています」

那俞は鼻で笑って窓を開く。

「あんなに妬《や》いたくせに。まあいい、私はまた王宮を見てくる。会議のあとの晩餐《ばんさん》でもしているのではないか」

蝶になって飛び立つ前に「妬いてなどいない」と小さく反論が聞こえてきた。翼が付こうが、人間など可愛いものだ。


邁紗は封印具を作り終わっただろうか。

ああいうものにどのくらい手間がかかるものなのか那俞にもわからない。おそらく呪文を刻むだけだとは思うが、邁紗はよく眠くなると言っていた。思うように動けるかどうか怪しい。

夜空を飛びながら堕ちた天令に想いを馳《は》せる。

邁紗とは親しくはなかった。そもそも天令同士で親しみなどない。それでも数少ない同種ではある。

邁紗が堕ちたとき、他の天令たちはなすすべもなかった。もはや手は出せない。降り注ぐ雷雨で地上はろくに見えなかった。

終わったときにはその光景に目を疑ったものだ。街も村も田畑も何もない。生き残った者たちは痩せこけ恐怖に震えていた。

宥と韻の争いが天の怒りに触れたと人々は思っていたようだ。そんなことはない。天は何もしなかっただけ。喜怒哀楽などそこにはない。その後、我こそは王なりと名乗りを上げた者の数だけ国ができた。小さな国が乱立し、当然そこにも小競り合いが生じる。ようやく三国でまとまりかけたこともあった。その頃は地上も比較的落ち着いていた。

しかし、それも百年はもたず、再び群雄割拠の時代となる。荒れに荒れ、ついに天が動いた。天の眼鏡に適《かな》った者が四人現れたことも大きかった。

天下四国こそ天の肝いりで組み上がった世界。これだけは長く続けさせなければならないと天令も誓ったものだ。だが、その意気込みも結局は空回りする。干渉してはならないという絶対の決まりの前には天令のできることは観察と報告だけ。

わかってはいる。干渉などすれば天令同士の間にも軋轢《あつれき》が生じる。自分が守護する国はどうしても特別になる。

徐国が滅亡したとき、那兪だって悲しかった。手を出せないことが苦しくてならなかった。そのあとはしばらく関わらないようにしたくらいだ。

寿白が逃げ回ったように、守護天令もまた逃げ回った。

再びの邂逅《かいこう》を果たした以上は、もう逃げたくはなかった。

今のおのれには心がある。先ほど女が自害したのを見て、止められたのではないかと苛《さいな》んでいるのが心でなくてなんだというのか。

もはや人一人の死も見ているのが辛い。

（私は壊れている）

それでももう少しだけ踏ん張らなければならない。堕ちるのはすべてが整ってから。


王宮に着くと宴《うたげ》の会場へと向かった。四国会議はつつがなく終わったことだろう。それぞれに思惑はあれど、建て前上はうまくやるはずだ。そこでも英雄殿下はちょうどいい話題になるのかもしれない。

さすがにきらびやかだった。越の王太后の堂々たる姿は貫禄《かんろく》充分で、天下四国の女王のようにすら見える。話しぶりも見事で、誰もが引き込まれていた。徐国の王母ももちろん負けていない。優美な着物を身につけ、女盛りの美しさを存分に発揮していた。ここに甜湘がいたならさらに華やかだっただろう。

有為はすらりとした長身で給仕の女たちからも熱い視線を注がれている。駕国で見かけたときは気づかなかったが、皓切も誠実そうな色男に見えた。

庚の者たちはこうした華やかな世界を失い、咎人《とがにん》となった。一度舐めた甘い蜜を他人が舐めるのは耐えがたいのかもしれない。それが人だ。

「祭りが楽しみですね」

「ええ、徐は暖かくて羨ましい限りです。我が国もですが……徐国もどれほどの苦難だったことか」

有為と皓切の話し声が聞こえてきた。

「女官たちも楽しみにしていました。格別でしょうね、十何年かぶりの祭りとなると。後宮はからっぽになりそうだ」

「おや、もう女官と親しくなられましたか」

「いえいえ。妻も子もいる身ですよ」

酔いが回ってきたか、緩い話をしている。

特使に付いてきた者たちもそれぞれ自己紹介などしながら、親交を深めていた。向こうには聞丞相と蘭曜の姿も見える。

「飛牙と那兪もいればいいのに」

蘭曜はつまらなそうに干した果実を摘まんだ。

「お二人にはやらなければならないことがあるのだろう」

「どんな？」

「天の使命があるのかもしれぬ」

「なにそれ。もうじいちゃん、あいつらよ。むっつりした弟とちゃらけた兄貴。まあ、それは嘘だったとしても、そんなご大層な連中には見えなかったわよ」

相変わらず蘭曜は口が悪い。

だが、飛牙が聞けば逆に心地良く響くのかもしれない。最近は英雄呼ばわりされて多少自棄になっているところもあるようだ。

「ねえ、知ってる？　燕のお姫様の子供の父親は飛牙だって話」

「これこれ、そんなことを口に出すものじゃない。そんなはずがなかろう」

「いかにもやりそうじゃない。旅の途中でお姫様と懇ろとか。当たっているかもしれないと思って燕の御使者に訊いてみたんだけど、はぐらかされちゃった」

「蘭曜や、もう少し品ようしておくれ」

老人はこめかみを押さえた。孫娘は聞丞相の頭痛の種らしい。

「品なんかまだ先の話よ。あたし、ここに来て弓矢の練習してる。まだ平和だなんて信じちゃいないからね。たとえば庚の連中はほんとにもういないの？　取り戻してから二年もたってないのよ」

蘭曜はなかなかどうしてよく考えている。

「確かにそのとおりではあるが……他の者にはそんな話をしてはならんぞ。私はちょっと警備のほうを確認してくる」

気がかりを思い出したように、聞丞相は歓談の場を離れた。

「蘭曜、丞相は出ていったの？」

十一歳の王亘覧が寄ってくる。大人の中に交じって退屈なようだったが、ずっと頑張って背伸びしていた。玉を迎えられるような天賦の才はなくとも、この子には誠実なひたむきさがある。

「丞相閣下はお忙しいようです。陛下は大人ばかりで飽きてきたんじゃないですか。実はわたしも」

蘭曜が笑うと、亘覧も少しほっとしたようだった。

「まだ大丈夫。私は王だもの」

「偉い。でも、英雄殿下だけじゃなく、他にご兄弟がいれば淋《さみ》しくなかったかもしれませんね。わたしもずっと年寄りと二人暮らしだったからそう思ってました」

亘覧は何か言おうとしたが、口籠もったようだ。

「えっと……駕国の御使者と話してくるね。北にある草水《くそうず》のお話聞きたいから」

少年の脳裏に何が浮かんだのか、那俞には想像がついた。蘭曜はおそらくそのあたりの事情を知らない。

とりあえず那俞は丞相のあとを追った。

老人の足にすぐに追いつく。丞相は警備の詰め所に向かっていた。髭も髪も白く、楽な仕事ではないだろう。それでも、少年王が成人するまではと気を張り詰めているようだった。

「おお、将軍。守りはつつがないか」

中には楊栄と兵が一人いた。楊栄は聞丞相に挨拶をすると、部下に下がるよう命じる。二人になったところで楊栄が切り出した。

「それなのですが……寿白殿下からこのようなものが届き、今兵を数名内密に向かわせております」

楊栄から字が書かれた布を受け取り、丞相は刮目《かつもく》した。

「猫が持ってきてくれました。おそらく裏雲様が使役している暗魅かと思います」

「なんということだ……やはり動いていたのか、庚の残党は」

片手で頭を押さえ、丞相は崩れるように椅子に座った。

「お疲れでしょう、休まれたほうが」

「何を言うか、この一大事に。しかし、さすがは寿白様、人知れず祭りを守りに来てくださったか」

「裏雲様もご一緒ですから、頼もしいことこのうえありません」

「とはいえ、まだ他に残党がいるというなら守りきらねばならん。兵として潜伏している者は他におらぬか、調べよ」

ははっ、と楊栄は頭を下げた。

「それは副将が確認に向かっています。ただ……いたとして見つけ出すのは難しいかと思われます。庚の残党とて徐の民ですから……区別が」

「そうであろうな。反乱軍が城に押し寄せてきたときも、すでに内部に入り込まれていた。全員の確実な身元調査など無理な話。味方を疑いたくもない」

庚が滅び徐が再興したとき、粛清があったのも事実。簡易裁判で処刑された者も少なくない。前の為政者たちを残してはおけないというのは結局同じなのだ。徐の復興が正義であったかどうか試されるのはこれからだった。

「将軍、確認して参りました。例の民家から縛られた四人の男、そして女が一人死んでいるとのこと、間違いありません」

息を切らした伝令が飛び込んできた。

「今夜のうちに亡骸を片付け、残った男たちを牢《ろう》へ。私がじきじきに取り調べる」

はっ、と応えると伝令はすぐに出ていった。

「頭が痛いわ。頼むぞ、楊栄」

「必ずや国王陛下をお守りいたします」

実際、徐はまだ建て直しきれていない。田畑の復興を優先させれば徴兵はできなくなる。そのため、どうしても兵は足りない。上に立つ者たちもどれほど苦しいことだろうか。

（それでも人は前を向く）

なのに、天令が地上を壊していいわけがない。

＊　＊　＊

央湖は何を呑《の》み込み、こんなに黒いのだろう。

何か空から降ってきて穴ができたような形をして、ただただ黒い。すべての命を呑み込んでいるとも、天の廃棄場とも言われる。どちらも正しいのかもしれない。

私もここに落ちるつもりだったのだから。

天から堕ちてしまったとき、央湖に落ちるためにやってきた。地上の災いになることは知っていた。その前に私は私を処分しなければならなかった。

なのに落ちることはできなかった。私の体は湖面に届く前で弾《はじ》かれた。私は消滅することを拒まれたのだ。

どうしていいかわからず途方に暮れた。そうしているうちにも私はおのれの変化を感じていた。感情を制御できず、ちょっとしたことで雷を落としてしまう。私はいつ噴火するかわからない火山になりつつあった。黒く熱く滾《たぎ》るものがふつふつと沸いている。

まだ正気が残るうちに、私は封印具を作ることにした。人の牢屋から鎖や虫籠などを盗み、そこに呪文を刻んでいった。すでに堕ちていた私には何を刻めばいいのかわかっていた。

虫籠では心許ない。誰かに封印具となった手鎖をつけてもらい、さらに央湖に落としてもらう必要があった。

だが、私に鎖をつけてくれる人はいなかった。まして央湖に落とすなどありえない。そうしなければ地上は災厄に塗《まみ》れるといくら話しても少女の戯言《たわごと》だと思われた。白翼仙ならばわかってくれるのではないかと捜したが、すでに遅く。

それ以後のことはほとんど覚えていない。

気づいたときには私は荒れ野に立っていた。

ただ一人。人の残骸はあったが、その場所のどこにも命は見えなかった。

私は二百日もの間、災厄を起こしていた。争っていた国が跡形もなく消えてしまうほど、多くの人を殺した。

謝ればいいのか。

誰に。

それでも私は死ねないから、地上を彷徨《さまよ》うしかなかった。銀色の髪を覆い、ささやかに知恵を授けていく。

天に属していないのだから、人を救うのも自由だ。手当てをしてあげることも、一緒に泣いてあげることもできる。

親しくなって多くの人を見送った。淋しくはあったけれど耐えられたのは天令だから。近頃それに気づいた。堕ちた天令にもできることはあった。

償いになっていただろうか。

償う資格もないと思っていたけれど。

(英雄と呼ばれる寿白でも友に償いたいと思うらしい)

元王様だったというのに確かに妙な男だった。

変わった人間といえば、駕国の始祖王が会いに来たこともあった。あの頃は駕の小さな村にいた。あんな術を使ってまで生きたがるなんておかしな男だと思った。その彼もまたきちんと命を終わらせたという。

天が見守る天下四国。何か大きな折り返しの時期にあるのだろうか。

私が今できることは封印具を作ること。

なのに私は近頃眠い。眠る必要がないのに眠ってしまう。これは初めての変化だった。ずっと眠り続けられれば、どんなに素敵だろう。

でも、目覚めると私は泣いてしまう。

目覚めてしまったから。

現実がそこにある。そして泣いていることに気づく。

眠っている間、私は闇の中で静かに溶けていくような気がしていた。溶けてとろけてどこに行くのか。ただ闇の一部になるだけだったのかもしれない。

「あれが央湖……」

そんな気がした。

「邁紗、これでいいのか」

山を登ってきた男がじゃらりと手鎖を見せた。付けられた罪人でも食事や用が足せるようにということか、長いものだった。

「ありがとう、翻拾」

「今、あの郡都に行くのはまずいんだが仕方ないな」

小娟《しょうけん》の牢獄《ろうごく》から盗んできてくれた。私のために一度玉の欠片《かけら》が埋め込まれた剣を盗んでいる。また忍び込むというのは捕まりにいくようなもの。翻拾にはずいぶん苦労をかけてしまった。

「必要なのだ、私ではなく」

「嬢ちゃん、本当に天令だったのか」

「そうだ。宥韻の大災厄も私がやった」

ろくに覚えてもいないのだけれど。

「困ったな、そんな怖い嬢ちゃんには見えない」

「天令は人間からすると可愛らしい姿をしている。人間は愚かだから騙《だま》されることもあるようだが、それは人間が悪い」

翩拾は苦笑して頭を掻《か》いた。

「何か、私のことを言われているようだな」

「私が可愛らしくなかったら助けなかったか」

自分で言うあたりが天令だな、と翩拾が笑った。

「いや、餓鬼だと思ったから助けた。寝てただけかもしれないが」

「ならやっぱり騙されたのだ。勝手にか弱いと思った。でも……そういう人間は嫌いじゃない」

手鎖を受け取り、大きな欠伸《あくび》をした。

「それ指で彫るのか」

「これは堕ちた天令にしかできない」

指でゆっくりと呪文を彫る。

少しずつ少しずつ鉄が窪《くぼ》み、文字のようなものになっていく。時間がかかるのだ。

正直こんなものがどうして天令を抑え込めるのかわからない。

鎮めよ、天の手。

抑えよ、天の足。

そんなことだろう。意味はわかる。だが、最後のこの一文はなんなのか。

「もし、人が愛しいなら……あまねく巡れ」

刻まれた文字を見つめ呟いた。

第三章　後宮無残

一

どうせろくでなしだったじゃねえか。

誰も殺したことがないとは言わせないぞ。逃げ回る少年王だったときも、庚《こう》の兵が襲ってくれば殺した。

小さな手を血で染めて、叩《たた》き斬ったはずだ。南異境に逃げたって、結局は盗賊だった。自分の身が危なくなれば、返り討ちにした。戻ってきてからも、それは同じこと。

泰灌《たいかん》で処刑を止めたときはくたくたになるまで兵たちを殺した。これまで生き残ってきたのは殺してきたからだ。

それが何故《なぜ》自害した女のことをこうまで気にするのか。飛牙《ひが》としてはなんとも納得いかなかった。
三十、いや四十近い女だっただろうか。引っかかってならない。
（……知っている女なのか）

だからどうにも胸騒ぎがするのかもしれない。

飛牙は思い出せないものかと、寝具をかぶったまま考え込む。尾をぺしぺしさせて、蜥蜴《とかげ》が起こしにかかる。

「虞淵《ぐえん》、朝なのはわかってる。もう少し待ってくれ。今何か思い出しそうなんだ」

忠実な蜥蜴を撫《な》でてやる。まさかこんなに蜥蜴が可愛《かわい》らしく思える日がくるとは思わなかった。

「わかりました」

油断していたら突然寝具の中で蜥蜴が若者になった。若い男がべったりとくっつき、慌てて飛び起きる。

「わあ、それやめろ」

「すみません……人にならないと返事ができなくて」

蜥蜴青年が寝台の上でしゅんとしていた。

「ああ、そうか。怒鳴って悪かったな」

人の姿の虞淵は妙になまめかしいところがある。そのせいか、同じことを宇春《うしゅん》がしたときより驚いてしまう。

「僕でよければお慰めしましょうか」

「そのお慰めはいい。わかった、起きるから」

そういうことが得意な人花《じんか》もいる。月帰《げっき》もそうだった。月帰は庚の後宮で王に毒を仕込み続けた。

もし、徐《じょ》が滅ばなかったら、今頃何事もなく寿白《じゅはく》が王になっていたのかもしれない。後宮には百花繚乱《ひゃっかりょうらん》の女たちが王に指名されるのを待っている。

(男としちゃ嬉《うれ》しいものなのか……)

経験することはできなかったが、その点に関しては惜しくもない。

あの中ではいろいろあったようだ。人間関係も複雑で、女官が自害したこともあった。そのことに母が胸を痛めていたのも覚えている。

「祭りはもう始まってるのか」

飛牙は窓を開けた。

まだ準備の段階のようだ。賑《にぎ》わうのは昼前あたりからか。王太子だった頃は本当に楽しみだった。悧諒《りりょう》と一緒に街を見ることができる。もっとも輿《こし》に乗せられていたけれど。

あれこそ幸福そのものだった。その陰に誰かの不幸があったのかもしれないけれど。それでも祭りができるということは、世の中が一定の基準を満たしているということだ。

「狙いは亘篔《こうけん》……しかし、警備は厳重だ」

捕まえた残党から何か情報が引き出せればいいが、そちらは今頃楊栄《ようえい》将軍がやっているのだろう。

奴《やつ》らがこのことで計画を中止するならそれでいい。しかし残った者で決行するかもしれない。

「裏雲《りうん》が起きているか、見てきてくれないか。あんまり一緒にいるところを人に見られたくないからさ」

裏雲とはあえて少し離れた部屋にしている。虞淵はすぐに蜥蜴に戻ると、窓から出ていった。

その間、先ほどのことを考える。

喉を裂いて死んだ女に見覚えがあるとしたら、いつのことだ。髪をひっつめ、疲れた顔をした女だった。女は化粧や装いでずいぶん違う。

飛牙が徐国にいたのは十五歳まで。それから六年は異境にいて、戻ってきたのが二年前か。

追われていた頃にどこかで会ったのだろうか。

あの頃のことはあまり思い出したくない。下手に関われば災厄を招く。なるべく人目に触れないよう決して往来は進まなかった。

それでもわずかに関わった村は皆殺しにされた。庚王のやり方は徹底したものだった。絶対にこちらの味方を作らせないようにしたのだ。

たとえばあの村に生き残りがいたなら、庚ではなく徐を憎むかもしれない。

(徐というより、寿白か……)

あのとき、少年は災いそのものだった。

思い出したくなくとも思い出さなければならない。これは絶対に重要なことだ。二度と逃げることは許されない。

死んだ女の身元かなにか、楊栄が摑《つか》んではいないだろうか。雨桐《うとう》と呼ばれていたと言っていたが、その名に覚えはなかった。向こうもこちらを知らなかっただろう。

(俺が子供の頃なのか)

それなら向こうも気づくわけがない。

いや、それとも見覚えがあるように感じているのが間違いなのか。似たような者はいくらでもいる。決めつけるのは危険かもしれない。

窓から猫が入ってきた。

「裏雲は今日別行動と言っている」

猫はすぐに少女になり、そう言った。

「わかった。それがいいだろう」

「わたしが間男に付く。虞淵は裏雲だ」

宇春はそのことに不満があるようだが、仕方ないと呟《つぶや》く。

「なんでそうなった？」

「虞淵が言った。布団の中で人になったら間男が慌てたと」

ああ、と飛牙は片手で顔を覆った。

「裏雲は何故虞淵に焼き餅を焼くのか。わたしには妬《や》かなかったのに」

なにやら面白くない宇春だった。

「知るか」

いくら節操がなくとも、暗魅《あんみ》に手を出すなどありえない。しかし虞淵も宇春もこちらの詳細まで正直に報告しているらしい。裏雲は見事に使役している。

「おまえら裏雲が好きなんだな」

「そうでなければ一緒にいるのは難しい。こう見えて繊細だ」

「あいつのことで俺に隠していることあるだろ」

「ある」

宇春はあっさり認めた。嘘《うそ》をつくという発想がない子だ。

「なんか気になるな」

「言わぬ」

それなら仕方がない。宇春も虞淵も裏雲のものだ。

「もしかして那兪《なゆ》のことかな」

「言えぬ」

どうやら当たっているらしい。

「まあいい。なら一緒に街に出るか——入るか」

猫を抱けるよう懐《ふところ》を広げた。

「このまま歩く。そのほうが話せる」

確かにそのとおりだ。猫は少々かさばる。

「何か話したいことがあるのか」

「間男はもっと頑張れ。隠されているのはおまえに力が足りないからだ」

「そうなのか」

「結局そういうことだ」

なにやら猫少女に叱られている。

これ以上宇春を問い詰めても仕方がない。暗魅にも仁義があるだろう、そこは踏み込むわけにはいかない。

少しずらして外に出た。もう裏雲たちはいないようだ。

「狙われているなら祭りなどやめればいいのに。何故そうしない」

宇春には理解できなかったようだ。

「まあ、普通に考えてそうだよな」

そこは認める。危険ならやめればいいのだ。

「でもなあ、この祭りは大事なんだよ。初の四国会議を開くいい機会にもなった。徐が庚とは違うことを知らしめるものでもある。なにより亘筧を皆で育てていくという気持ちを持ってもらいたい。王も国も俺たちが育てるってくらいの気持ちになってくれればしめたもんだ」

「間男も考えていたのだな」

「そういうことだ。お、もうやってる店もあるな。餅食うか？」

宇春に冷ややかな目で見上げられた。

「わたしは生肉しか食わない」

「あ……生きた鼠《ねずみ》は売ってないな」

こんなところで小動物をぼりぼり食われても困る。見た目は可愛らしい子供なのだが。

仕方なく自分の分だけ、草餅を買った。

「なあ、ここからは俺の独り言なんで答えなくていい。適当に聞いてくれ」

まずは前置きをしておく。以前から疑ってはいたが、那俞が裏雲とは会っていると確信が持てた以上黙ってはいられない。

「俺は早くこれを終わらせて那俞に会いたい。あいつがどうなっているのか、心配でいてもたってもいられない」

裏雲が隠れて那俞と会っているというなら、そこには意味がある。俺に言えないという意味が。

「天令《てんれい》も好きなのか。間男は好きが多い」

「あいつは失っちゃいけない光なんだよ。ああやって悩んで苦しんでしまう天令がいればこそ、俺はまだ天を信じる気になれる。那俞は天の良心で、最終兵器だ」

那俞のことになるとどうにも熱くなる。裏雲を助けたい気持ちは確かに私心だ。だが、那俞に関しては自分だけの気持ちではなかった。

「よくわからん」

「天令が堕《お》ちれば大変なことになる。俺も俺の家族も裏雲もみゃんも虞淵も死ぬかもしれない。わかるか」

「そうなのか。それはよくない」

歩きながら宇春は応える。

「正直言うと俺はどうすれば裏雲を助けられるかわからない。天がこうすれば許してやるとか教えてくれないからな。だが、那俞がもし堕ちかけているというなら、大災厄が起こらないようにするのが正しいはずだ。人が死にまくって四国の壊滅することを天が望んでいるんじゃないなら、これだけは正解だ。正解じゃなくてもやる。大災厄になったら那俞はどれほど絶望するか。死ぬより耐えがたいだろう。俺たちはどんなに苦しくてもいずれ死が終わらせる。あいつの絶望は永遠に続くんだ。だから那俞と話したい」

宇春は橋の下で立ち止まった。

「でも、あの天令は間男と会いたくないのだ」

「そりゃ相当まずいことになってるってことだろ。頼む、会わせてくれ」

「言うな……わたしは裏雲の猫だ」

宇春に睨《にら》み付けられた。眦《まなじり》がきりきりと上がる。

「だが裏雲と話すことならできる」

そう言うと橋脚の陰に隠れ、猫の姿に戻った。そのまま走り去ってしまう。

「……行動早いな、おい」

裏雲を説得しに行ったのだろう。まさかこんなに速攻で動いてくれるとは思わなかった。

一人ぽつんと残され、飛牙はその場に腰をおろした。街を流れる川を見つめる。あまり綺麗《きれい》とはいえない川だ。

「驚いた、小娘が猫に……」

近くで寝転んでいた男がむっくり体を起こした。どうやら見られてしまったらしい。

「なあ、あんた見ただろ」

「あ、いや、俺は猫しか見てない。おっちゃん、もう酔っているのか」

「うるせえよ。これでも昔は徐の宦官《かんがん》だったんだぞ。華やかな着物着てな。後宮の女たちに言い寄られるくらい、しなっといい男だった」

かつての徐の宦官なら会っていたかもしれない。ただ顔を見てもさっぱりわからなかった。貧しい身なりの痩せた歯抜けの中年男だ。

「庚になって後宮を追われたか」

「殺された奴が多かったからな、逃げられただけましよ」

「後宮に復帰できなかったか」

官吏に関してはそういう政策をとっていたはずだ。

「王様がちっこいから女たちもわずかだ。当然、宦官もあまりいらないというわけだ。後宮にあまり金をかけずに済むのだから今の徐には逆にありがたいかもしれないな。それにこっちも勤められるほど塩梅《あんばい》がよくない」

淋《さみ》しそうに川に小石を投げる。庚の十年は元宮仕えには辛《つら》かっただろう。

「これ食って精出しな。酒はほどほどにな」

男に草餅を渡し、飛牙はその場を去った。とりあえず、街中を歩き回り、残党の動きはないか探ろうと思った。

二

女官と宦官たちを祭りの間だけ宿下がりさせたことで、後宮は閑散としていた。もちろん、残っている者もいるが、その多くは来賓の世話に回っている。

広々とした庭に一人、王母はのんびりとお茶を飲んでいた。自分で淹れたお茶もまた格別なようで表情が和らいだ。

その様子を木の枝に留まって那兪が眺めていた。女主人の束《つか》の間《ま》の休息といったところか。

女官から庚王の后《きさき》となり、今は徐国の王母陛下。ずいぶんと波瀾万丈《はらんばんじよう》な生涯を送ってきた女だ。荒波なんてものではなかっただろう。

こうして一人になれる時間は至福のときなのかもしれない。

「陛下、燕《えん》よりいただいた菓子をお持ちしましょうか」

新参の女官が一人やってきた。新参といっても決して若くはない。顔に火傷《やけど》の痕があるが、礼儀作法は身についている。

「あなたたちで召し上がれ。疲れたでしょう、休めるときに休んでちょうだい」

王母は目頭を指で押さえた。

「はい……ですが」

自分たちが食べてしまうことに気が引けるのか、女官はもじもじとした様子で、すぐには引き返さなかった。

「おお、ここにいらっしゃいましたか。王母陛下、よろしいかな」

現れたのは聞丞《ぶんじょうしょう》相であった。

「ええ、どうぞ。二人で話したいので、お茶のことなど心配しないでお下がりなさい」

そう言われ女官は一礼して戻っていった。

「おくつろぎのところ申し訳ない」

「いいえ、お話があるのでしょう」

二人は庭の卓で向かい合った。

「昨日捕らえた残党のことです」

「寿白殿下が捕まえられたのでしょう。あの方はまるで守り神ね」

「まことに。連中はどうやら仲間うちでも互いのことはあまり知らなかったようですな。あえてそうしたのでしょう。首領がいるはずですが、これがまだ」

庚の残党の話など気が重いのだろう、王母は吐息を漏らす。

「そんなに亘筧を殺したいのでしょうか」

「狙いがそこであることは捕まった者たちも認めております。ただ、なんといいますか、計画の全容を知らないようなのです。それぞれに役割が違っていたのかもしれませんが」

「そもそも亘筧は庚の王太子だった。そう思うと尚更《なおさら》憎いかもしれませんね」

王母は憂いに満ちていた。

「我らのような立場で恨みを買っていない者などいるでしょうか。私もこの歳《とし》で大役を仰せつかった。たまに投げ出したくなりますよ」

「それはごめんなさい。閣下は寿白殿下のお薦めでしたから」

二人はくすりと笑った。那兪はつくづくと感心する。寿白の名の持つ清涼剤のような響きに。

「殿下は殿下で動いていらっしゃる。そこに甘えてばかりいてはならんでしょうな。残党のことはこちらでなんとかしなければ」

「期待してはなりません。庚は徐を潰しましたが、徐はそれ以上に庚を潰さなければならない」
想《おも》いを呑《の》み込むように、王母は軽く唇を噛《か》んだ。
「お願いいたします。所詮私は庚王の女でした。残党には顔見知りの者もいるかもし
れない。それでも……お願いいたします」
我が子を守りたいという想いだろう、目を潤ませ王母は頭を下げた。
「何をおっしゃる。我らは二年前まで皆が庚の民でした。私は娘夫婦を殺されながら
何もできず潜んでおりました。お顔を上げてください、必ずや国王陛下をお守りしま
すとも」
那兪は思う。今の徐は庚とは違うと。
庚の頃、この後宮にこんな温かさはなかった。いつも張り詰めていて、上の者の逆《げき》
鱗《りん》に触れぬよう何も言えなかった。
あんな国と徐は違う。民は同じでも王やその周りが違う。だから過去を背負いすぎ
て卑屈になることはないと言ってやりたかった。
(こう思うこと自体が罪)
人の世が自らの足で歩くことを邪魔してはいけない。それはわかっている。だが、

一人一人の血や涙を見て見ぬふりをするのはあまりに辛すぎる。人の世という一個の塊ではないのだから。

私は天下四国《てんげしこく》を護《まも》りたいのだ。見守るのではなく、もっと主体的に。

邁紗《まいしゃ》もこう思っただろうか。私とはまた違うのか。那俞はもっと邁紗と話したかった。普段意識していなくとも胸の深いところに沈む想いというものはある。邁紗のその部分が知りたかった。

那俞はその場を離れ、一旦裏雲のところに戻ることにした。少し離れたところで、赤い蝶《ちょう》がひらひらと舞っていることに気づく。

(思思《しし》……)

鮮やかな真紅の蝶は紛れもなく、駕国《がこく》の守護天令であった。

「私はそなたと違って思慮深い。他の天令の国になど来たくはなかった」

思思は思い切り顔をつんと上げた。

人が見たら驚くほど美しい少女なのだろうが、天令には美醜も性別も関係ない。氷で作り上げたような銀色の髪を輝かせていた。

「天に命じられたのか」

「……私の意思だ」

思思は少し悔しそうだった。意思を持つことのほうが天令にとっては残念なことなのだ。

人気のない王都郊外の丘の上に二人で降り立ったが、祭りのざわめきはここまで聞こえてくる。今、郊外など誰もいないだろう。

「そうか、私が心配で来たのか」

「黙れ、この落ちこぼれが」

元々口の悪い思思だが、今日は特に感情が籠もっている。

「いいか、そなたが堕ちれば私の駕国まで滅んでしまう。せっかく始祖王の時代を終えたというのに、そなたなどのせいで」

「遊円《ゆうえん》や宜旺《ぎおう》もそう言っているのか」

宜旺は自制心が強い。遊円は物事を斜めから見てやり過ごす。だが彼らにも担当する国への情はあるだろう。

「あやつらは言わぬが、思うところは同じだろう。人が壊すならまだしも、天令が壊してどうする」

「まったくそのとおりだ。だが……」

「だが、なんだ」

「私は堕ちるだろう。明日か、数十年後かは知らぬが、遠くない」

思思が思い切り眉間に皺《しわ》を寄せる。

「止められぬのか」

「努力はしている。だが……私は結局堕ちたくて堕ちる」

説明してもわかってもらえない。わかってもらっても困る。そんなものは堕ちる天令の予備軍だ。

「……わからぬでもない」

「それはいけない」

「そなたが言うか」

思思はすぐに言い返してきた。三十年も駕国で捕まっていたせいか、いささか理性が戻っていないのかもしれない。

「私は天の理《ことわり》より、今このときを守りたくなったのだ。祭りは楽しそうであろう」

「くだらない。駕国の民は我慢強く勤勉だから、このような騒々しいことは好まぬ。これだから南の国は」

その贔屓目《ひいきめ》こそが情だと気づいているだろうか。

「徐の民はしなやかだ。何があっても折れない」

「駕の民はどこより厳しい環境にあったが、耐えてきたのだ」

こうやって争いごとが起きるのかもしれないが、これはこれで楽しかった。おのれの国を贔屓するのは当たり前の感情だ。ただ天令はそういうわけにもいかない。

「……馬鹿なことを言わせるな。そなたといると調子が狂う」

思思はぷいと顔を背けた。

「思思よ、私は堕ちても大災厄にならぬよう努める。そなたらは私に感化されるな」

「誰がそなたなどに惑わされるか。私は帰る」

蝶に戻った思思は天ではなく街の中央へと飛んでいった。どうやら、祭り見学をしてから戻るらしい。

那兪もまた蝶になり、裏雲のところへ戻ることにした。

いっそ宿の部屋で待とうかとも思ったが、走る猫が見えたのであとをつけることにする。あれは宇春だ。

裏雲と行動を共にしているかと思ったら、混み合う祭りの街を自由に走り回っている。そのうち街は夕焼けに染まってきた。むしろこれからが祭りの本番かもしれない。

まもなく花売り娘たちに引き留められていた裏雲を見つけ、宇春は唸《うな》った。

「おや、どうした。何か伝言でもあるのか」

着飾った娘たちを蹴散らし、裏雲の胸に飛び込む。猫のままでは話せないので、裏雲はその場を離れた。

露店の陰で猫は少女になる。

「あの天令はいないな」

宇春は裏雲の手を掴んだ。胸元から蜥蜴も驚いて顔を出す。

「彼は昨日から出たままだよ」

裏雲は歩きながら話そう、と宇春の肩を抱いた。どうしても止まっていると目立ってしまう。蝶のままつかず離れずついていく。こちらも目立つ蝶だ。

「間男に天令のことを言え」

強い口調で宇春は言う。これには那命も裏雲も驚いた。

「どうした。宇春は私を尊重してくれるのではなかったか」

「間男は裏雲のことも天令のことも案じている。自分に内緒で二人が一緒にいるのも薄々感づいてる」

やはりそうかと那命は蝶のまま溜《た》め息《いき》をつく。裏雲は裏雲で苦笑していた。

「宇春は何を訊《き》かれても素知らぬふりをしてくれればいい」

「わたしはそういうのが苦手だ」

「そうだったな」

そういう子だったと少女の頭を撫でた。

「天令も裏雲も何故隠す。間男は好《よ》い奴なのに」

「大事にしてるんだよ、私も那兪も」

「そんなに大事にしなくとも、間男は強い」

宇春のまっすぐなところが裏雲もまた愛《いと》おしいのだろう。ここまで素直にぶつかってこられては誤魔化すのも難しいようだ。

「わかっている。それでも私は怖い。この世が殿下をなくしてしまったら闇しかない。もう私だけの人でないから」

この答えには那兪も驚いた。黒翼仙《こくよくせん》だ。もっともおぞましき人の形だ。その裏雲が自分の愛欲だけではなく、世のことまで気にかけている。

(復讐《ふくしゅう》のために他者を死なせることを躊躇《ためら》わなかった男が)

思えば燕で出会った黒翼仙の秀成《しゅうせい》も人を巻き込まないよう、住まいを離れようとしていた。

……黒翼仙とて邪悪なだけではない。

「宇春は殿下のところに戻るといい。私は人に会う約束がある」

「天令か」

「いや、友人だよ。暗魅を見ると毒薬の材料にならないか調べたくなるらしい。そろそろ夜だな。殿下も一旦戻るかもしれない。虞淵と一緒に宿に行くといい。私は食事を共にする、帰りは遅くなる」

猫少女と蜥蜴は目を見開いた。

「なんだそいつは」

「怖い男だよ。さあ、帰りなさい」

虞淵が黒翼仙の胸元から這《は》い出て、逃げるように消えた。蜥蜴の黒焼きは煎じ薬になることが知られている。まっさきに狙われると思ったのだろう。

「わたしは誰にも負けない」

「宇春、殿下にはいずれ私から話す。だから帰りなさい」

「きっとだな」

「きっとだよ」

宇春は納得して立ち去った。この少女は必ず裏雲を信じる。たとえ一抹の不安があろうとも。

使役している二体の暗魅がいなくなったところで、裏雲はこちらへと高く手を差し伸べた。

「あなたは一緒に行きませんか」

青い蝶にとっくに気づいていたらしい。

――聞きたいことがあるのだろう。

「ええ、王宮の様子など。道すがらに」

――王宮では来賓をもてなし、来賓はより多く会談を持とうとする。外交のまっただ中だ。燕は翟に技術支援を申し出て代わりに資源の利権を求め、翟は越《えつ》に米の支援を求めている。見返りはもちろん将来の資源だろう。徐国も丞相や上官吏たちが負けじと頑張っていた。

「三百有余年見なかった光景ですか」

――そうだな。四国が集まること自体初めてだ。こうして世の中は変わっていくのかもしれぬ。

天下四国はこれからが後半戦なのだろう。まだまだ滅びるには早い。

「この祭り、ことの起こりは徐国の天令様への感謝だそうですね。いかがです、本人としては感慨深いものがあるのではありませんか」

――騒ぎたいだけであろうが。

「まあ、それはそうです。おや、あれは女官たちではありませんか」

街に入れば後宮の女たちは一目でわかる。やはり堂々として垢抜《あかぬ》けている。そんな女たちに鼻の下を伸ばす男たちも多いが、誇り高い女官たちはぴしゃりとはねのける。

――祭りの間は宿下がりできる。その分、後宮は人が少なくなっている。王母は逆にそれを楽しんでいるようだな。

「そうでしょうね、彼女はいつもほっとできる時間をほしがっていた」

――来賓と話したあとは息子の無事だけを祈っている。

「亘筧陛下は明日の何時頃、どの道を通り、どれほど市中にいて、何をなさる予定ですか」

――馬に乗り、正門からまっすぐ大通り。大広場で祭事を行い、しばらく祭り見学。露店のものなども食べる。

「民との交流ですか。陛下が望んだのでしょうが、少々危険ですね」

――無論周りは市民に扮《ふん》した兵が固める。

楊栄にも張り付き、そのあたりの情報は仕入れておいた。

「陛下はそれを知らず、民だと思って話をなさるわけか。いずれそれを知れば、寿白殿下のように城を抜け出すかもしれませんね」

――ところで黒い翼よ。これから会うという男を私は知っているかもしれないな。

「おや、さすがは天令様だ」

――燕でそなたの知り合いと会った。飛牙も一緒にな。摂政のもとで毒作りに励んでいた男だ。

「ああ、それはたぶん間違いない」

裏雲は楽しそうに笑った。

――そなたに会いに来たのか。

「それもあるでしょうが、たぶん仕事ですよ」

――毒を生業《なりわい》とする者がこの時期徐国にいる。臭う。

「探る価値はあるでしょう。彼は顧客に義理を持たないから、うまく聞き出せるかと思います」

――信用できない者だな。

「毒を作れればそれでいいというのが彼の考え。客はそれを実験してくれる存在に過ぎないのです。おっと、あの店だ。袖に隠れていてください」

那命は言われたとおりにした。

漸戯《ざんぎ》――燕の摂政に依頼され毒を作り、多くの暗殺に手を貸してきた者だ。頭蓋骨に皮が張り付いているような痩せた男で、落ち窪《くぼ》んだ目は意外にも黒く輝いている。まだ生きている裏雲に会えたのが嬉しくてならないようで、ずいぶんと機嫌はよかった。

「君に会えるとは。もう翼を焼かれ、この世にはいないと思っていたからね」

個室だからか、漸戯は声を潜めることはしなかった。

「少しだけ延長されたらしい。だが、いつ焼かれても不思議ではない」

「天は君の芸術性をもっと評価すべきだよ。罪が君を美しくしたというのに」

歯の浮くようなことを言うが、おそらく本気だろう。

「徐に来てよかった。淡い期待は叶《かな》えられたよ。天に感謝だね」

天に注文をつけたり、感謝したり。人の信仰心などこんなものだ。

「広い王都でよく気づいたものだ」

「仕事柄かな、私は嗅覚には敏感なんだよ。君からは闇の花の香りがする」

裏雲を肴《さかな》に酒が進んでいるようだった。

「それで一仕事は終わったのか」

「終わらせたよ。成果は見ていないけれど」

毒を作り、それを客に渡した。客はまだ使っていない。そういうことだろう。

「毒というのは優秀なものだ。それとなく殺す。苦しめて殺すのも楽に死なせるのも選べる」

「君は楽に死なせる毒のほうを好んだね。庚王以外は」

この黒翼仙は宦官として成り上がるために政敵も殺してきたのだ。

「あの蛇の暗魅の毒には興味があった。私に譲ってくれないか」

「月帰は死んだ」

「おや、そうかい……残念」

暗魅は死ねば消える。毒として使おうとすれば生きたまま体液を抽出することになる。

「私はあなたが毒を誰に売ったか気になる」

「いくら君でも言えないよ。ただ、毒の標的は大物だろうね」

答えを言ったに等しかった。

しかし、亘覧の口に入るものは毒味されるだろう。今なら尚更厳重なのではないか。簡単にできることではない。

「お客が誰で、今どこにいるかなんてことは教えてくれないのかな」

「単発のお客様は偽名だよ。住まいも知らない。そして今日その薬を渡した」

「苦しんで死ぬ毒か」

「無味無臭。一日過ぎてから効いてくる毒だ。昏睡《こんすい》してそのまま死ぬ。そう苦しくはあるまい」

いつ毒を盛られたかわからない形だ。毒殺者が逃亡する時間を稼ぐにはそれが一番いい。

「君の殿下は元気かな。私は一度会っているが、面白い青年だった」

「この街にいる」

「なるほど、行動を共にしているんだね。君の想いは果たされているわけだ。あの可愛らしい少年も一緒かな」

もしかしたらこの男はここに天令がいることに気づいているのではないか。天令に匂いなどないと思うが、なにしろ不気味な感性の男だ。

「この先四国が安定したとしても、あなたの仕事がなくなることはないのだろうな」

「人がいる限りは」

二人は笑ったのだろう。袖の中からはあまり見えないが、想像はつく。

「先ほど大道芸人の出し物を観《み》たよ。天下四国の守護者にして英雄王、寿白殿下の大冒険だ。従者は麗しい知恵者と綺麗な少年。適当なようで当たるものだねえ」

「肝心の英雄王は精悍《せいかん》な髭《ひげ》の男になっている」

「徐国奪還のとき城壁の上にいたのを見た者も少なくないだろうに、不思議とそこは間違っているあたりが面白いよ。英雄の記憶をそれらしく改竄《かいざん》しているのかね。私は実物の寿白殿下のほうが好きだよ」

「そこは勘違いしてもらっているほうが殿下も動きやすいだろう。ところであなたの毒は無味無臭。そして必ずそれに合った毒消しも作る。毒消しを作るのも楽しみだった。それを私が買ってもいいだろうか」

卓の上に袋を置く。じゃらりと音がしたところを見ると金貨が入っているのだろう。

「成果が知りたかったが……他ならぬ君の頼みなら仕方がない」

漸戯は薬包を指に挟んで差し出した。裏雲はそれを受け取り懐にしまう。

「ただし、毒を口にしてから早く飲まないことには快癒は望めない。それでも何日かは具合が悪く、完全に助かるとも言い切れない。特に遅延性の毒は手遅れになりやすいので気をつけることだね」

症状が出てからでは遅いということは使いどころが難しい。役にたつものなのか。

「ありがとう。金は受け取ってくれ」

「いただくよ。材料費も馬鹿にならない。さて、毒消しを渡してしまった以上、尚更ここから早く発《た》たねばならない。早朝には離れねばな。まだまだ毒を作り足りない。捕まるわけにはいかないからね。君に会えてよかった。また会えるかな」

漸戯は席を立つ。

「それは天の御心のまま」

命は天に握られている。再会を約束できる立場にない。

「では天のご加護を」

二人は店で別れた。

夜になってますます祭りは盛り上がっているようだ。無数の提灯《ちょうちん》が街を明るく照らしていた。まるで幻想の中にいるようで、人々は酒と雰囲気に酔いしれている。

袖からひらりと舞い上がり、裏雲の肩に乗った。これではこの男の暗魅の一体のようだ。

――あやつ気づいていたのではないか。

「早々に引き上げたのは天令に罰せられたくなかったからかもしれませんね」

――天令は罰しない。

あの悪党ならば目を使い物にならなくするくらいはしてやってもいいようなものだが、実際、光は目くらましくらいしか使うことはない。

「黒翼仙は勝手に焼かれる。それが天の理屈でした」

――そうだ。すべては勝手にそうなるだけだ……天は始めても終わらせはしない。

天が悪いわけではない。だが私の心はもう天を離れているようだ。それでもまだ堕ちるわけにはいかない。この件が片付き、封印具を邁紗から貰《もら》い受けるまでは。那兪は気を強く持たなければならなかった。

「天にもっとも関心を持たれない存在が黒翼仙だとおっしゃっていましたね。でも今は違う。天は私を焼く機会を探っている。それだけでも小気味よい。少しばかりしてやったりの気分です。すべては殿下の力なのでしょうが」

――いや……飛牙だけでは天の不文律は曲がらないだろう。もしかしたら天はそなたも見ているのかもしれない。きっかけが飛牙であったとしても。

裏雲は立ち止まり、肩の上の蝶を見つめてきた。

「……遠回りして戻りましょうか。夜風が心地良い」

三

「漸戯だと？」

横になっていた飛牙は体を起こした。

「そう。一度燕で会っていたのだろう」

裏雲は酔い覚ましのお茶を飲みながら肯《うなず》く。

「あの毒作りの男か」

「昔、漸戯の顧客だった。たいそう気に入られていた」

「……もう関わるな」

たとえ過去に何があったとしても、今の裏雲を信じたい。

「漸戯から情報を引き出した。彼は遅れて効く毒を作った。依頼は徐国の誰か。狙いはかなりの大物」

息を呑んだ。

「亘筧を毒殺しようというのか」

「手段の一つと考えていいだろうな。漸戯は一度の依頼で一服しか作らない。それが彼の美学だ。井戸にでも流して大量死をさせるような真似《まね》はしない。狙いは一人だろう。毒味役は楊栄将軍の身内だったな」

「だが、遅れて効くなら毒味も意味がないんじゃないのか」

裏雲は懐から薬包を取り出した。

「毒消しは貰ってきた。これも一服だけ。症状が出てからでは手遅れらしい。殿下に預ける」

「どこで使えばいいのか難しいな」

受け取ったものの飛牙も困り果てている。

「王宮に行ってはどうだ。陛下のそばにいることが一番だろう」

毒を使おうとしているということは、敵は王宮の中まで入り込んでいる可能性があると考えるしかない。

「それしかないか」

「私は外にいる。連絡は宇春か虞淵で」

飛牙は小さく吐息を漏らす。

「那兪がいてくれればな」

心からそう思った。

「殿下、私にも彼に対して情がある。それは殿下とは違う形かもしれない」

「俺はものすごく諦めが悪いと……那兪に会ったら言ってくれ」

もし裏雲の懐や袖の中にでも隠れているなら那兪も聞いてくれただろう。争う気はない、何が正解かなんてわかりはしないのだから。

飛牙は立ち上がると、ぐるりと首を回した。

「みゃん、念のため楊栄に俺がこれから裏から行くと先に連絡してくれ。敵を警戒させたくない」

たとえ王ではなくとも徐はやっと取り戻した祖国だった。もう二度と殺戮《さつりく》と混乱に陥れるわけにはいかない。

例によって宇春の首に布の手紙を結んで王宮へ忍び込んでもらった。

若い男が一人で城壁に近づいただけで捕まりそうなほど、警邏《けいら》の兵も目を光らせている。

飛牙は祭りの雑踏からあまり離れないようにして王宮に目をやっていた。

とにかくあと二日だ。そこを乗り切れば、来賓もそれぞれの国に帰り、天下四国は新しい時代を迎える。

揺れる提灯の明かり、行き交う者の笑顔。これを守れば亘筧たちの自信に繋《つな》がる。

取り戻してあとのことを任せただけではまだ足りない。

　まもなく猫が男を連れて戻ってきた。

「これは……殿下！」

　武将としての格好をしていなかったため気づかなかったが、楊栄将軍だった。思わず、しっと唇の前に指を立てる。

「それは内緒だ。用意は？」

「こちらが官吏の装束です。これでよろしいのですか」

「助かる」

　とりあえず上に羽織る。髪には葛巾《かっきん》もつけてきた。これでそれらしく見えるだろう。

「それに通行証、所属は丞相閣下の世話役ということにしておきました。それで自由に動けます」

「聞老師《ぶんろうし》には話したんだな」

「ええ、そこだけは混乱のないよう」

　話をしながら王宮裏手に回った。警備の兵にも話がついていたらしく、目立たないように城内へと入ることができた。

　まずは聞丞相と会わなければならない。年寄りだというのに遅くまで大変なことだ。楊栄に案内され部屋へと入った。

「飛牙っ、いやいや殿下でしたな」

白い髭を伸ばした丞相は来客を見るや破顔した。

「老師、久しぶりだな」

「あの居候が天下四国の英雄王だ。信じられんわ、今でも」

丞相は気さくに話しかけてきた。それがありがたい。

「しかし、旧交をあたためている場合でもない。本当なのか、毒のことは」

「燕でもさんざん暗躍した男だ。依頼人は庚の残党だろう」

丞相は頭を抱えた。

「祭り二日目、陛下が街に出るそのときかと思っておったが」

「そっちも油断はできないが、奴らは思ったより気合を入れてかかってきてるようだ。亘覧の世話役の身元は確かか」

「そこは間違いない。私が古くから知っている者ばかりだ」

「捕まえた一人は市中の警備兵だったが」

「その者は城内に入る正規兵ではなかった。郊外の詰め所にいる臨時雇いの兵だが、そっちも調べ直させている」

「料理人は？」

「間違いないと思うが、明日から念のため陛下の分だけでも別の厨房《ちゅうぼう》で蘭曜《らんよう》に作らせようと思う」

それがいい、と飛牙は肯いた。

「もう休んでくれ。疲れているんだろう、老師」

「強がりたいところだが、歳には勝てん。早めに後継者を育てておかねばならんな。殿下は隣の部屋で休むといい」

「わかった。あとは任せて寝てな」

丞相を寝室に送り、飛牙は執務室の椅子にどっかりと腰をかけた。

(下働きの者まですべて調べ直すのは難しい。身元保証ができていても、ろくに会ったこともない遠縁などもいるかもしれない)

特に再興して日が浅い徐国では人選を完璧にこなせるわけもない。

(……毒は女が使いやすい)

どこの国でもその手の事件は少なくない。それは異境も同じだった。

亘筧だけが狙われるとは限らないかもしれない。丞相や王母、いや今なら他国からの特使とて危ない。徐の王宮で特使が暗殺されたとなれば徐の面目は丸つぶれ、今後の外交もご破算になる。

「今日、毒が渡されたということはすでに使われている可能性もあるということか」

そうなるともはや間に合うまい。

危険を冒しても殺したい。動機が恨みだとして、誰がそこまで恨むのか。物騒なことを考えながら、飛牙もまた眠りについた。

夢に見た泣く女は誰なのか。


朝早くから飛牙は王宮を歩き回った。

特に厨房は一人一人挨拶し、会話をしてみる。なるべく朗らかに、世間話から入る。

「お客が多いから大変だろ、腕の見せ所だな」

「まあな、特に他国の偉いさんたちは好みもばらばらで。越の王太后様には油分を控え目にしてほしいとお付きの方から言われてるし」

太った料理長は大変だよと笑った。

「里帰りの王太后様には徐国の味をたっぷり楽しんでほしいとこだな」

「ああ、そうだな。しかし、おまえさんこそここで初めて見る顔だな」

「誰にも言うなよ。丞相閣下から特に雇われた。城内の安全に目を光らせている」

ここはほぼ正直に言う。見た限り厨房は少数精鋭で、衛生面でも万全のようだ。

「残党のことか。嫌だね、そういうのはもういい加減にしてほしいよ」

「だな、で、できた料理を運ぶのは？」

「昨日から身元が絶対に保証されている官吏や宦官が運んでいるよ。お茶を出すのもそうだ」

　丞相も同じことを言っていた。

「女官はやらないのか」

「祭りでおおかた休暇だ。それが習わしだったからな」

　王が太っ腹なところを見せるためにも後宮の女たちを解放する。それもあって街は華やかさを増す。

「残っている女は？」

「たいていは身寄りがないから残ることを選んでいる女だな。俺は祭りのあとに休みを貰うんだよ」

　年配の女が多かったように見えたのはそういうことか。

　宦官の装束に替えて、そちらも調べてみようかと考えた。城の中はくまなく調べておきたい。

　厨房を出ると、隠れていた猫と話をした。

「先に後宮を見ておいてくれ」

宇春は黙って肯き、すぐさま消えた。

あと少しすれば、亘覚が馬に乗って城を出る。王様のおなりだ。それにより祭りは最高潮を迎えるのだ。

外のほうは裏雲が警戒しているだろう。那兪も手伝ってくれているのかもしれない。自分と会いたくないというなら裏雲とだってかまわない。それでも繋がっているということだ。

あれやこれや考えながら王宮を行く。飛牙が知るかつての王宮とは違うが、構造はそこまで変わらない。

楊栄将軍は先に街に出ているらしい。今日の日程は――

(昼前に王が出発する。周りを将軍二人が固める。市民の中に兵を交ぜる。大広場にて天への供物を捧《ささ》げ、短い祭事。それから民との交流。そんなところか)

亘覚も楽しみにしているだろう。

あの子の心にも体にも傷をつけるわけにはいかない。

(俺の弟に手を出させるかよ)

太鼓の音が鳴り響いた。

いよいよ国王陛下のための開門らしい。自分も一緒にいくべきではないかと考えたが、ここは外の者に任せることにする。

「あの……」

若い官吏に声をかけられた。

「殿下ですよね」

耳元で囁《ささや》かれる。おそらく丞相の使いだろう。

「越の王太后様が是非お会いしたいと。部屋でお待ちです」

呼ばれてしまったか。今は親戚の集いをしている場合ではないのだが……そう思いつつも行くしかない。

（おばちゃんは何か言いたいことがあるかもしれないな）

なんといっても四十数年越国を支えてきた女傑だ。

まずはぎゅっと抱きしめられた。ふくよかな体はなんとも懐かしい気がした。

王太后の部屋は人払いしたらしく他に誰もいなかった。

「すまぬな、いろいろ動き回っていただろうに」

「いや……挨拶したいと思いながら、遅れてごめんな。亘覧の晴れ姿見なくていいのか」

「よいよい。それより庚の残党が蠢《うごめ》いているのであろう。それが気になってな」

「知ってたのか」

「我らとてその辺は予想していたわ。行けば危険があることもな」

それを承知でやってきたのだから、さすがに肝が太い。そうだ、よその国に外交で来るということはそこも考えなければいけない。

「教えてくれ、何がどうなっているのか。そなたが今王宮にいるということは街だけではなく、この中にも調べるべきことがあると思っているのか」

「まあ、そういうことだ。他ならぬおばちゃんだから話しておくわ——」

飛牙は庚の残党について知ることすべて話して聞かせた。王太后は黙って聞いていたが、最後に小さく肯いた。

「残党には女がおるのだな」

「そうだ。俺はそこが気になっていた」

「のう、殿下よ。女にとって何が一番大事かわかるか」

王太后は長椅子にどっかりと座り、丸い顋を指で撫でた。

「人それぞれじゃないのか」

「子だ。子のいる女ならまずそれ以外のものはない。殿下の母も最後まで我が子の無事だけを祈っていただろう。それはわらわもそうだった。子を亡くしたときはどうにかなりそうだった。もちろん、そなたの妻にとっても、ここの王母陛下にとっても同じこと。なら庚の母は誰を憎む？」

飛牙は息を呑む。腑《ふ》に落ちるものがあった。

「後宮とは怨嗟《えんさ》が渦巻くところだ。好きでもない男に抱かれようと皆必死だ。子ができれば恨まれ、できなければ軽んじられ。嫉妬などという温《ぬる》いものではない。強くなければ生きていけないが、強くなっても辛いに変わりない」

後宮で生き抜いた女の視点からの金言だった。

「ありがとな、おばちゃん。俺、馬鹿だったわ」

王太后の部屋を飛び出ると、飛牙はすぐに丞相のところに向かった。丞相は城壁の上から王の出発を見送っていた。壁の上まで駆け抜ける。

「閣下、お話が」

周りの兵が警戒したが、すぐに丞相が駆け寄ってくる。

「どうなされた」

少し離れたところに連れ出し、丞相に耳打ちする。

「庚王には子がいたよな。亘覧じゃなくて他の女が産んだ子だ」

「娘が二人。いずれも容才人《ようさいじん》という方が産んで、陛下の妹として育っていたが」

「その子と母親はどうなった」

言いにくいのか、丞相はうつむいた。

「ひっそりと殺すことも考えられたが、王母陛下の計らいで生涯軟禁となり寺院に送られた。子供は去年二人とも流行病《はやりやまい》で亡くなったと報告を受けている」

「……母親は？」

「寺院にいるはずだが……まさか？」

それだけ聞けばもう充分だった。

「後宮に入らせてもらうぞ」

大急ぎで壁の上から降りていく。多くの兵が王の警備に出払っていて、城内に残っている者は少ない。

城内は広く、後宮は奥にある。飛牙はこれでもかと全力で走った。

容才人——才人ということはさほど高い位ではない。庚王はけっこうな数の女たちを抱えていたというが、結局子供はその二人の娘たちだけだったことになる。

幼い娘二人の死。それは本当に純然たる病死だったのか。

(消してしまおうという考えの者がいたとしてもおかしくない)

そしてその母親が恨むのは誰か、考えてみればすぐわかることだった。

王母陛下——彩鈴《さいりん》だ。

庚王の王后《おうごう》であったのも、その子が王太子になったのもすべてが偽り。そして徐が復興してからは王母陛下。庚王の女たちからすれば彩鈴ほど憎い相手はいない。まして子を失った女ならどんなにか。

後宮にはろくに人がいない。事を起こすには絶好の機会だろう。やるなら今だ。城内の警備は手薄になっている。

間に合うのか。体力はあるとはいえ、全速力でこれだけの距離を走るのはきつい。おそらく、丞相も兵を向かわせているだろう。

「待てっ、ここは後宮だぞ。宦官以外の男は——くせものめ」

案の定、飛牙は後宮の番兵に止められた。すぐさま、丞相閣下直筆の通行証を差し出す。

「中に賊がいる。開けろ」

「これは丞相閣下の……しかし何故」

そんな特例があるものかと番兵は混乱を見せた。うっかり賊を入れれば処罰されるのは番兵なだけにどうしても慎重になる。

「俺は国王陛下の兄、寿白だ。王母陛下を守るために来た、英雄寿白を信じろ」

番兵の目が大きく見開かれた。

「ははっ」

すぐさま扉が開けられる。恥ずかしげもなく自分で英雄などと言ってしまったが、こうなれば使えるはったりはなんでも使う。

「みゃん、王母のところに連れていけ」

飛び出してきた猫に叫ぶ。

猫はついてこいとばかりにみゃんと鳴くと、奥へと走っていった。そのあとを追う。男を見かけて叫ぶ女官もいたが、かまってはいられなかった。

王母の宮が見えた。猫が先に庭へ飛び込む。

同時に女の悲鳴が聞こえてきた。何かが倒れる音がする。

「彩鈴っ」

戸を開けるとそこには二人の女が床で争っていた。下になっている王母の腕からは血が流れ、上になっている女は短剣を握っている。

「やめろ」

まず猫が飛びかかった。死に物狂いの女が振り回した刃は避《よ》けようとした猫の体を裂いた。猫は悲鳴を上げ、床に落ちた。

怪我《けが》をした王母が後ずさる。女が這ったまま追うが、飛牙はその体を背中から押さえつけた。手首を摑み、短剣を奪い取る。

「やめろっつってんだ」

女の腕を取り、背中にねじ上げる。

「放せっ、殺してやる、あの女だけは絶対に」

女は唾を吐いて喚《わめ》いた。

顔の一部に火傷の痕がある痩せた女だが、どこから力が湧いてくるのか飛牙を押しのける勢いで暴れた。

こっちは斬られた宇春が心配でならない。王母は腕の怪我だが、宇春は脇腹を斬られたのではないか。

「彩鈴はおまえたちを殺さなかった。憐《あわ》れと思ったからだ。察してやれ」

「わたしの娘たちは虐げられた。医者にも診せてもらえなかった。何が憐れだ。全部あの女がやったこと。皆を騙《だま》して後宮の頂点にいながら、今は王母だと。許せはしない。こんな女、何度でも刺して殺してやる。この手でその顔も切り裂いてやる。そのためだけに生きてきた」

うわあああと慟哭《どうこく》した女から力が抜けた。飛牙は急いで持っていた手拭いで女の手を縛り上げる。

「みゃん、しっかりしろよ――彩鈴、他に怪我は」

猫は小さく肯き、王母は大丈夫だと首を振った。

「私はかすり傷だから……殿下、助けてくれた子猫を」

王母にとっては体の傷より容才人の罵倒のほうが辛かったかもしれない。気丈に見せてはいたが美しい顔からは血の気が引いていた。

飛牙は上の着物を一枚脱ぐと猫を包み込んだ。血は止まっているが、ぐったりとして動かない。

「おかげで彩鈴は助かった、死ぬなよ……絶対死ぬなよ」

猫を抱きしめて顔をうずめた。

兵たちが入ってきて、状況に驚いていた。容才人はまだ王母を罵り続けていて、何が起きたのかは明らかだっただろう。

「王母陛下、こちらへ。手当ていたしましょう」

兵に支えられ立ち上がった王母だが、白い顔のまま容才人の元に近寄った。

「姫様がたは亡くなられたのですね」

「おまえが殺したんだ、わたしの娘たちを殺した、この人でなし」

思い込みに過ぎないが、この女にとっては真実なのだろう。王母は罵られても凜《りん》としていた。

「容才人、あなたでしたか。身元を偽り、人手不足だった後宮に雇われた」

「そうさ、わたしには後宮で培った立ち振る舞いがある。簡単に騙せた。火傷も庚の兵に焼かれたものだと言ったら同情してくれたよ」

女は甲高く笑った。

王宮においては、庚を憎んでいるということがある意味重要な採用条件になっていただろう。

「気づかれないようわざと顔に火傷をしたのね」

「顔まで焼かずとも痩せて老け込んだわたしに気づきもしなかっただろうね、おまえは。相変わらず着飾って美しい。皆を欺き、どんな世になろうと栄華だけは手に入れる。たいしたものだわ、こんな悪女がこの世にいるものなのか」

容才人はぎりぎりと歯嚙みした。兵が口を押さえようとしたが、王母はかまわないとそれを止めた。

「私は庚王の穢《けが》れた手に触れられるのが嫌で仕方なかった。床を共にするなど地獄だった。あなたは違うの？」

「小娘に手玉に取られた馬鹿な男などどうでもいい。だが、わたしは易姓革命の戦士だった。腐った王政が憎かった。それでも後宮に入ったのは跡継ぎを産みたかったからだ。わたしが王母になるはずだった。おまえはよくも徐の王の子を王太子などとっ、この、この女狐《めぎつね》がっ」

目で呪殺できるものなら、王母は死んでいただろう。だが、憐れな女のためにたじろいでやる気もなかったようだ。

「あなたの復讐は失敗したわ」

「死んで呪ってやる」

「死にたいのね。伝えておきます――連れていって」

王母は兵に命じた。片手で顔を押さえ、長く息を吐く。今度こそ手当てしようとする兵に待ってと断り、飛牙の下に跪《ひざまず》いた。

「殿下……なんとお礼を申していいか」

気丈に振る舞っているように見えても、王母は憔悴《しょうすい》していた。

「あの女は彩鈴を自分の手で刺し殺したかったんだな……毒なんかじゃなくて」

「そのようです」

「じゃあ残党はどこに毒を使うつもりだったんだ？」

飛牙ははっとして顔を上げた。着物に包んだ猫を兵に預ける。

「その猫を必ず助けてくれ、俺は亘筧のところに行く」

急いで後宮を飛び出した。

女たちの狙いは王母だったとして、男たちはやはり王を襲うのではないか。容才人は目的を果たしてしまえばもはや逃げる気はなかっただろう。だが、遅延性の毒を使うということはそっちは逃げるつもりでいるということだ。

大広場では祭事のあと民との交流がある。亘筧は持ち前の素直さで誰とでも触れ合うだろう。兵でも大っぴらに止めることはできない。

街と後宮、おそらく同時進行。今このとき亘筧も危ない。

四

話は昨夜まで遡る。

後宮は殿下に任すとして、こちらはどうするべきか。

裏雲は懐の蜥蜴を撫でながら考えていた。汗水流して走り回るのは殿下のような体力派向き。これでも術師のはしくれだ。

「そなたは動かないのか」

天令が働けとばかりに言う。今は蝶ではなく愛らしい少年の姿をしていた。部屋の隅で膝を抱えずっと座っている。

「黒くても翼仙《よくせん》。殿下と同じやり方をする必要はありません」

ここは一つ久々に占ってみようかと紙を取り出した。

師匠の侖梓《ろんし》から教わった占いは決して一般的なものではない。薄い紙に呪文を書き、自分の気を移す。呪符を八枚。東西南北に北東、南東、北西、南西。

そして卓に王都の地図を広げる。

地図に朱色で八方向を分ける線を引く。中心はこの宿だ。そこに呪符と同じ文字を記す。そして朱を溶かした水の入った小鉢を中心に置いた。

「それで残党の場所がわかるのか」

「おおよその方角なら」

「ならもっと早くやればいいものを」

「殿下が嫌がるでしょう。師匠から教わったとはいえ、私が直しているので、ちょっとばかり黒い占術です」

人を殺そうと目論んでいる者の気を探り出すものだ。黒いものが黒いものに反応する。元々は失せ物《うせもの》捜しのためのものだが、これは黒翼仙だからこそできる占術。

あとは窓を開け、手のひらに八枚の紙を載せ外へと差し出した。

いい風が吹くまでそのまま待つ。

(乗っていけ)

風が紙を攫《さら》っていった。

紙は夜の空を舞い、それぞれの方向へ吹かれていった。

あとは窓を閉め、少し眠ることにする。この占術の良いところは結果が出るまで休めることだ。

「失礼、休みます」

一応天令に断っておく。

あまり眠る必要のない体だが、裏雲は寝台に横たわり目を閉じた。いつでも起きられるよう灯《あか》りは残しておく。

　黒翼仙でこれほど持て余すなら、永劫《えいごう》の時を生きる天令などどれほどうんざりすることか。

　夜の一室、破滅を待つだけの孤独な羽付きが二人。外からはまだ祭りのざわめきが聞こえていた。


　どのくらいたったのか、小さな水音がした。

　これを待っていた裏雲は浅い眠りから目覚めた。同じように気づいたらしく、天令も顔を上げた。

「呪符が役目を終えたようだな」

「ええ、見てください。赤い水滴が三ヵ所に落ちてます」

　立ち上がった裏雲は地図を示した。

　東、北西、南。北西は王宮だろう。そこにはすでに飛牙が行っている。狙いは当たっていたということだ。

「ここに残党がいるのか」

「可能性はあるというだけです。しかし他に手がかりはない。行ってみます。どうします、付いてきてもらえれば助かりますが」

どうやら夜明けが近いようだ。さすがに祭りの音はしない。

「行こう」

「発光は祭りの間は控え目に」

「あれは調節が難しい」

眉根を寄せた表情が可愛らしかった。

「残党はそなたが倒せばいい。私は……なるべくやらないほうがいいだろう」

今更干渉がどうこう言う気もないらしいが、直接人の生き死にに関わる行為はまだ抵抗があると見える。その抵抗が最後の一線なのかもしれない。

外に出ると、東の空は白んでいた。

いつ見ても夜明けは美しい。人はそこに希望を見る。だが、大災厄の二百日間は雨と雷が続いた。こんな光景も見ることは叶わなかっただろう。

青い空を巡る太陽も見失い、人は絶望のままに死んでいった。

この天令はその時代を知っている。自分が同じことをもたらしてしまう。それだけを恐れている。

(私はそれを止めなければならない。たとえ殿下に恨まれても)

まさか天の一部とこうして組むとは思いもしなかった。

「上から様子を見る」

そう言うと那俞は蝶になって空へと舞う。

まずは東に向かう。とはいえ範囲は広く、道を歩いて見つかるものとも思いにくい。そこで役にたってくれるのが、那俞と虞淵だ。ことに蝶になって空からも確認できる那俞がいてくれれば百人力。

虞淵も懐から出ると、建物の壁を這ってすばやく消えた。

「あとは収穫待ち」

黒翼仙の翼は街では不向きだ。

もっとも今飛べるかどうかは怪しい。ぼろぼろの翼が修復されたわけではないのだから。広げれば死にかけのみすぼらしい鴉《からす》のような姿を晒《さら》すことになる。

裏雲は朝の空を見上げた。

雲の上には天があるだろうか。本当は縋《すが》り付いて許しを乞うてみたかった。この私を見てくれと叫んでみたかった。

天令を央湖《おうこ》に投げ捨てるという大罪を天は許しはしないだろう。

朝の街は短い休息を経て活気を取り戻してきた。祭り二日目。最高潮に盛り上がる日だ。

今頃、殿下も王宮で目を光らせているはず。無事、守り切れればいいが。

少ししてどこかの窓から控え目に白い光が走った。どうやら、那俞が場所を教えてくれているらしい。

すぐに駆け出し、光の元へと向かう。なにやら男女が罵り合う声が聞こえてきた。殺気だった痴話喧嘩《ちわげんか》という印象だが、あまりの剣幕に近所の者たちも出てきた。

止めに入ろうにも互いが斧《おの》と鉈《なた》を持っていて近づけないらしい。

「ずっと殺してやりたかったんだよ、この臭い宿六のクズが」

「こっちの言うことだ。おめえなんかぶっ殺して若い女と一緒になろうと思ってたんだ、このちくしょうめ」

どうやら痴話喧嘩の域を完全に越えているようだ。

誰かが衛兵を呼びに行ったが、果たして間に合うものかどうか。男女は怪我をしているが、それでも殺し合いをやめるつもりはないと見える。

「ちょいと、止めておくれよ。ほら、おまいさん」

「いやいや、ありゃ無理だ、こっちが殺される」

そんな声が聞こえてくる有り様で、裏雲は仕方なく戸口で狼狽《うろた》える女が持っていた箒《ほうき》を手にする。

「おかみさん、ちょっとお借りします」

長い竹箒を逆さにすると修羅場まっただ中に入っていった。

「邪魔――っ」

をするなと言い終わるより早く裏雲は男の腹に竹箒の柄《え》を埋めた。くるりと反転するや、女の手首を狙い、鉈を叩き落とす。女は痛い痛いと手を押さえてうずくまった。

物騒な二つの凶器を足で戸口のほうに蹴り、箒を持ち主に返す。

「衛兵が来たら説明しておいてください」

その鮮やかさに野次馬たちはあっけにとられていた。女は箒を受け取り、頰を赤らめる。

夫婦喧嘩の殺し合いなどに呪符が反応してしまったらしい。殺意とはどこにでもあるもの。まったく時間の無駄だった。

すたすたとその場を去り、次は南へ向かう。

「呼ぶほどのものでしたか？」

肩に留まった蝶に苦情を言う。

——仕方あるまい。見つけてしまったのだから。

「祭りの最中に殺人などあっては陛下もお心を痛めるでしょう。よしとします」

そういうことで納得する。元々、殺意に反応する占術。こうなることもあるということだ。

虞淵が背中に張り付いて、前に回り懐へと入る。

天令が苦手な暗魅だけに、那俞には近寄りたがらない。一緒にいるときは極力懐で大人しくしている。宇春のほうはだいぶ慣れてきたようだが。

――翼の持ち腐れだな。飛べば速いだろうに。

「そう思いますよ。そもそも翼仙は街には向かない。とはいえ世捨て人ではたいして人のためにはならない。ようは天の存在をたまにちらつかせるために、ありがたい翼を授けるんでしょうね」

――否定できぬ。

天令も蝶の姿で苦笑いしているのかもしれない。以前なら不敬だと怒られていたのだろうが、丸くなったものだ。

(いや……堕ちようとしているだけか)

天令とは人間に舐《な》められるのを嫌う不機嫌な存在であるべきなのだろう。

「天に頂点となる存在はあるのですか」

――唯一神という意味ならいない。

「やはり複数の意識と力の混沌《こんとん》ですか」

――この世の始まりからそんなところだ。

「始祖王も天の一部になっているというなら、白翼仙《はくよくせん》あたりも召し上げられそうですね。私が殺した師匠、侖梓もいますか」

――訊きすぎだ。

「これは失礼。いつかひれ伏して詫《わ》びることができれば、と願っていたものですから」

――機会があれば詫びればいい。もし、そなたにその機会が訪れたなら。

思うところがあるのか、那俞はよく話してくれた。どうやら師匠は天にいるらしい。そういうことだろう。

急がないと王が街に出る。

すでにその準備が始まっているようだった。行進のための整備をしている。少年王の晴れの舞台だ。

王都泰灌の小路《こうじ》を通り、南へと向かう。子供たちが歓声を上げて通り過ぎた。子供たちにとっては初めての祭りだろう。

『私も早く父上のように白い馬に乗って街を行きたい』

無邪気に話していた可愛らしい王太子を思い出す。その気持ちを亘覧に託し、玉座を蹴った。

(私の気も知らず)

今更言っても詮無いこと。

国は取り戻しただけでは済まない。庭園のように育てていかなければならない。隅まで手入れの行き届いた庭。日照りにも嵐にも耐えられる庭。

――先に行って捜してみよう。今度こそ残党がいるかどうか。

蝶が飛んでいく。それを受け、蜥蜴のほうも顔を出した。

「頼む。無理はしなくていい」

雪蘭《せつらん》に月帰。使役した暗魅を二体死なせている。裏雲としてはそこも気をつけたかった。

大広場は父と〈寿白〉の首が並んだ場所だ。殿下の首は別人だったが、父は自分の首に未来を繋げた。おそらく、残された寿白の苦難は想像がついていたはずだ。それでも最後はそれを選んだ。

その頃に比べれば殿下を取り巻く環境は遥《はる》かによい。妻と子までいる。私は未練を残さず死ねる。

幸せなことだ。

呪符が示した南側の区域に入った。こちらは物騒な怒鳴り声など聞こえない。鳥のさえずりに子供の歓声。笛や太鼓の練習の音。いたって微笑《ほほえ》ましい。

ここから残党を捜し出すのはたとえ天令や暗魅でも難しいだろう。なにしろ彼らは市民に交じって潜伏している。

裏雲は歩き回りながら目を光らす。ここで捜しきれなかったら大広場で動きを待つしかない。

しかし、そうなると祭りに水を差す。

(おや?)

向こうからやってくる一人の男と目があった。すぐに目をそらしたが、気のせいか驚いた表情を見せたように思えた。

少し気になって立ち止まり、気づかれないようあとをつけてみた。もしかしたら、向こうは裏雲の顔に見覚えがあったのかもしれない。宦官の頃はこの美貌で詩にも詠まれたものだ。

つまり庚王宮に出入りしていた者とも考えられる。

裏雲は口笛を吹いた。天令と暗魅は戻ってきてくれるだろう。

男は一軒の家に入った。隠れ家かどうかは那兪に潜り込んでもらうのがいいだろうと様子を見る。

——あの家か?

気がつくと那兪が肩に乗っていた。

「まだわからないが、確認してください」

窓は開いておらず、那兪は煙突から入った。その間に虞淵も戻ってきた。懐には入らず足にまとわりつく。

「突入することになるかもしれない。怖かったら隠れていなさい」

虞淵はあまり戦える子ではない。まもなく那俞が戻ってきて、またちょこんと肩に乗る。

「何人？」

──残党だ。庚の恨みだと息巻いている。

──男三人。

「戦えますか？」

──天令は血を流さない。その範囲でなら。

まだ堕ちてもらっては困る。天令らしさを優先してもらうことにした。つまり、手際よく一人で三人沈めなければならない。

「裏に回ってください」

承知、と那俞が飛んでいく。

周りに人がいないことを確認し、一呼吸して裏雲は扉を蹴破った。すぐさま飛び込み、近くにいた男の側頭部に回し蹴りを決める。

「りっ、裏雲……か？」

「そのとおり」

誰だかわからなかったが、正直に答え鳩尾《みぞおち》に拳を決める。幼い頃から父に鍛えられた武術は羽がついても錆《さ》びつかなかった。

その隙に一人が逃げようと裏へ回った。

「お縄につけっ」

那俞が逃亡を妨げているらしい。大捕物をしているのか、この餓鬼が、と罵る声と床に倒れたような音がする。

「ほう。意外に強いんですね」

見れば少年が大の男の腕をねじ伏せていた。

「早く代われ、私を落ち着かせろ」

額に殴られたような痕があった。そのため那俞は目に見えて気がたっている。以前、殿下に聞いたことがある。天令が荒ぶるのは危険な兆候なのだ。言われたとおり、裏雲はすぐに少年に代わって男の腕を摑んだ。

「庚の時代はそんなによかった？」

後ろから男の耳元に囁く。

「ち……違う」

「追う者から追われる者になった気分は？」

「うるせ……」

「他に仲間はいる？」

「いないっ」

今までと違い、歯切れ良く否定してきた。

「ああ、まだいるんだね、どこかに」

男が逃れようと暴れる。

「どこにいる？　どういう企《たくら》み？」

教えてよ、と耳元で尋ねる。そのついでに指の骨を一本折ってやった。男の悲鳴に翼の付け根が疼《うず》く。

「早く言わないと指が全部折れるよ」

軽く指を反らしてやると、男がひゅっと喉を鳴らした。

「捕まったらどうせ……首が飛ぶ。誰が言うか」

「ああ、それはそうだろうな。じゃあおまえたちの首を先に大広場に晒しておこう。それだけで仲間の気力も失せる。なに、王の行進は明日でもかまわない」

いかにも自分はそれを決める立場にあるかのように言う。

「貴様は……庚の後宮にいた裏雲じゃないのか。何故……」

「教えてやろうか。庚王を殺したのは私だ」

男はぎょっとして振り返った。

「それはもう恨んでいたとも。警戒だけは怠りなかった庚王を殺すために、どれほど時間と手間をかけたかわかるか。しかもゆっくりと苦しみ抜いて死んでもらった。あの男は臓物を吐き散らし、粘液になって死んだ。私に言わせれば、おまえたちの復讐などいかにも温い」

「貴様が……」

裏雲は男の耳を噛んだ。

「首が飛んで終わりだと思うな。私は刑吏ほど優しくない。庚王をどうやって殺したかもっと詳しく話してやろうか」

「……おれたちは情報を集め、逃亡を助けるためにいる」

これはそのとおりかもしれない。武装もしていない。

「女は王宮に潜り込んだ？」

「そこまでわかっているのか」

「そうとも。かなりわかっている。漸戯から毒を買ったことも」

「毒をどこで使おうとしているのかは知らないんだ。おれたちも互いを信用してない。雇われただけの出稼ぎの若い奴もいたくらいだ」

このへんのことも合っている。

「これを」

いつの間にか人になっていた虞淵が縄を差し出した。手際よく他の二人も縛り上げてくれていたようだ。

「さて、こいつらは衛兵に引き渡そう。虞淵、使いを頼まれてくれるか」

衛兵にここの場所を報《しら》せてくるよう頼んだ。

残党を縛り上げ家を出ると、祭りでますます街が盛り上がっているようだった。実際桃の花は昔に比べて少ないが、こういうのは気分が大事なのだろう。

「怪我は大丈夫ですか」

ずっと無言だった天令に話しかける。

「怪我などない。ただ……雷を落としかけた」

顔は蒼白《そうはく》で、手が震えていた。

「ご自分の祭りでこんなことになっているのは皮肉なものだ。今、あなたを荒事に巻き込むのはよくないかもしれませんね。屋根の上でも休んでいてください」

「……そうする」

那兪は蝶になって空へと飛んでいった。それを見ていた子供がいたが、裏雲は手品ですよと笑ってかわした。

今なら、街にはいろんな人間がいる。今し方も奇抜な格好をした物売りが通り過ぎたところだった。売り物は一口大の小さな菓子だった。見た目も可愛らしく、ほろりと甘い。子供たちがほしがってそのあとをついていく。

(亘筧陛下もあれがお好きだったな)

ふと思い出した。

『すごく美味《おい》しいんだよ。裏雲、食べて。はい、あーん』

愛らしい子供に半ば無理矢理食べさせられたものだ。真っ黒い翼を背負い、復讐のためだけに生きていた当時の唯一の癒やしだった。

日の高さからして昼に近い。もう城から出発しているだろう。王はゆるゆると大広場に向かっている。

「大広場で待機するか……」

途中急ぐ衛兵たちとすれ違った。虞淵も仕事が早い。

「ご苦労様」

足に飛びつき、そのままよじ登ってきた蜥蜴を労《ねぎら》った。

「観察してくれ。虞淵の目線が役にたつかもしれない。毒は女でも子供でも扱える」

蜥蜴は肯き、大広場で裏雲から降りた。

向こうから白い馬が見える。子供が乗っていて、手綱を屈強な兵が持っていた。兵たちが馬の横についている。後ろには黒い馬に乗った楊栄将軍が見えた。

多くの民に見守られ、少年王は王都の中心へと向かってくる。子供ながら堂々とした姿だった。

亘筧にはいろいろなことが降りかかった。子供には背負いきれないものもあっただろう。それでも健気《けなげ》に王であろうとする。

(私や殿下と同じ苦労をする必要はない)

今はあの子を守ることが殿下を守ることだ。

歓声の中、大広場に着くと、亘筧たちは馬を下り、特設された祭壇の前に跪いた。実際、天へ花が捧げられているだけだが、ここで王は感謝を述べ、国の安寧を祈る。

祭事は天を怒らせないためのものであるかもしれない。

祭壇には木製の像が飾られていた。少年の姿をして蝶のような羽を持っているのだから、かなり実像に近い。少年少女の姿をしているらしいというわかりやすさからか、天というより天令に憧憬を持つ者も多いのだ。天令信仰とでもいうのか。

この国にいくつかある天令伝説は那兪が実際にやったことが由来になっているのかもしれない。あの天令ならやりそうだ。そのたびに天の懲罰を受けてきたのだろう。

「陛下はまるで天令様のようね」

「ええ、本当に」

奇《く》しくもそんな声が裏雲の耳に入った。

苦難を乗り越えた徐の民は亘筧にそうした安らぎと輝きを見ている。この祭りは一点の曇りもなく終わるべきだ。残党の影など見えてはならない。改めてそう思う。

正装の亘覧は表情を引き締め、綺麗な声で祈禱《きとう》した。それが終わると、集まった民に向き直り一礼する。

「この日を迎えられたことを嬉しく思います。皆の幸せのために国を豊かにしていきます。どうか私を支えてください」

こんなに丁寧に語りかけた王は今までいなかったに違いない。もう少し威厳をと思う者もいるだろうが、亘覧は自分の言葉で民に話したのだ。

割れるような歓声が響く。誠実な少年の王を守りたいと思わせる、優しさとひたむきさがあった。

（……殿下）

拍手する群衆の中に飛牙がいることに気づく。

王宮から戻ってきたということはそちらは解決できたのだろう。こちらを心配してすぐに戻ってきたに違いない。拍手しながらも、その目は油断なく周囲を見回している。

「陛下、これをどうぞ」

露店の女が果実を差し出す。徐国特産の蜜柑《みかん》だった。それを目の前で切って食べやすくしたものだ。

少しお付きの者たちが身構えたが、ここで止めることはできなかった。亘覧は嬉しそうに果実を受け取った。

「ありがとう」

くったくなく亘覧は貰ったものを口にする。

「美味しい。これはどこで穫れたものですか」

「よかった。お口に合いましたか。胡郡《こぐん》のものですよ」

そんな話をして場はますます和やかになった。

それに続くように、菓子を売っていた露店主が小皿に載ったものを差し出す。さきほど見かけた祭り用に奇抜な着物やかぶり物を身につけた男だった。

「どうぞ、陛下。当店の自慢の一品です」

男は頬を紅潮させて話しかけた。

気にはなったが、泰灌でも有名な店だという。だからこそ王宮にも納めることを許されていた。

(これも大丈夫か……？)

切ったばかりの果実と違い、粉を振ってある菓子だけにわかりにくい。だが、亘覧は目を輝かせた。

「うわあ、これ大好き」

亘覧が手を伸ばそうとしたそのとき、黒い影が走った。

なんと突然蜥蜴が現れ、ぱくりと菓子を咥《くわ》えていったのだ。皆が唖然《あぜん》とする中、ゆ

うゆうと消え去っていった。

（虞淵！）

裏雲は息を呑んだ。飛牙はといえば、すぐに虞淵が消えたほうへと走った。

「びっくりしました。蜥蜴でも美味しいものはわかるんだね」

巨箟がそう言うと、群衆は笑った。王の懐の深さに感じ入ったようにまた場が和む。露店主も笑って同じ菓子を用意する。

ちょっとした驚きはあったものの、少年王の明るさに誰もが救われていた。しかし、裏雲と飛牙はすぐに動かなければならない。

（なんてことだ）

目立つことを好まない虞淵があんなことをした意味は一つ。

差し出されたあの菓子に毒が仕込まれるところを見たからだ。

第四章　堕《お》ちる天令《てんれい》

一

虞淵《ぐえん》は人の姿で横たわっていた。息が少し荒い。あえぐようにのけぞり、時折身を丸め宿の寝台で目を閉じている。


「店の者が陛下のために寄せておいたお菓子に、子供がこっそり何か粉を……」

虞淵は苦しい息で説明した。

「店主はそれに気づかず、亘覚《こうけん》に渡そうとしたわけか」

残党の子供なのか、悪戯《いたずら》を持ちかけられたのかはわからないが、虞淵は危険を察して飛び出したのだろう。

（この暗魅《あんみ》は黒いところがない）

那兪は棚の上で蝶になってこの様子を眺めていた。飛牙からは死角になって見えない位置だ。

「伝えたかったのですが……間に合わなくて」

王を守ったというのに、申し訳なさそうに言う。その姿はなんともせつなく、こちらが申し訳なくなる。人に恐れられているが、こんな暗魅もいる。

「もういい、休め」

飛牙は虞淵の頬を撫《な》でた。

「効くのか……毒消しが」

裏雲《りうん》が呟《つぶや》く。

その疑問はもっともなこと。虞淵は暗魅だ。人の薬が効くかどうかなどわからない。それでも一か八か飛牙は毒消しを使うことにしたようだ。人の形に戻らせ、すぐに毒消しを飲ませ、宿へと担ぎ込んだ。

「遅れて効く毒にしてはすでに塩梅《あんばい》が悪い。毒消しが逆効果になるということもあるのではないか」

よほど不安なのだろう、常には冷静な裏雲が次々と絶望的な言葉を口にしてくる。

その横顔は子供のように弱々しく見えた。さきほど残党を脅すために見せた凶悪な姿とはまるで違う。

「毒消し自体にも当然毒性はある。それは仕方がない。とにかく様子を見よう。俺はみゃんを連れてくる」

立ち上がったとき、飛牙は少しぐらりとした。疲れているのではないか。

「刃物で切られたのだろう、宇春《うしゅん》は。無事なのか」

それに気づかぬ裏雲の低い声がした。

ここまで虞淵を運ぶ間に後宮で起こったことを飛牙は簡単に話していた。容才人《ようさいじん》という庚《こう》王の姫を産んだ女が王母を襲ったことも。王母を守ろうとした宇春は凶刃に傷ついたという。

「それを確かめに行くんだよ」

裏雲が飛牙の腕を摑《つか》んだ。その端整な顔にあからさまな怒りを浮かべている。こんな表情を見たのは飛牙も初めてかもしれない。

「死んでいるかもしれないというのか」

「そんなことは……ないと思う」

普通の猫なら致命傷だったかもしれない。だが、宇春は百戦錬磨の暗魅だ。あの娘が誇らしく言う〈裏雲の猫〉とは裏雲を守る戦士という意味。

「死ぬわけがねえ」

そう言い返しながらも、不安がないわけではないようだった。

「殿下がついていながらっ。それでも英雄かっ」

「英雄じゃねえっ」

思わず、飛牙も怒鳴り返していた。

「誰が英雄だよ。おまえが広めた噂《うわさ》だ。俺はただ逃げ回って、異境にまで逃げた本物のクズだぞ。山ほど家来を死なせた。おまえを黒翼仙《こくよくせん》にしちまった。那兪を天令でいられなくしたのも俺なんだろうよ。それでも今は這《は》いずり回るんだ。クズなりに死ぬ気で動くんだよ」

裏雲の手を払った。飛牙もまた気持ちに余裕がないのだ。死ぬ気で飢骨《きこつ》に挑み、自分のために死んでいった者たちに借りを返そうとした男だ。

(裏雲よ、追い詰めるな)

そう言いたかったが、声は出せない。

「……虞淵を見ててやってくれ」

飛牙が呟く。

喧嘩《けんか》はしてもそれは互いを案じてこそのことだったはず。だが、今のは違う。互いの非を責め合った。

見ていて胸が痛い。天令なのに何故《なぜ》痛むのか。

飛牙は外に出ると、急いで王宮へと走った。那兪はそのあとを追う。ひどく疲れているように見える飛牙が心配だった。

虞淵はあえてぱくりと菓子を食べたのだろう。暗魅にとっては食料にもならない。場を和ませながら、毒を回収するにはそれしかないと判断してのことだ。

闇より生まれたとしても、暗魅は死ぬ。ただ亡骸《なきがら》が残らないだけ。

そうした暗魅を遣い、人の争いに巻き込み死なせる。裏雲も飛牙もそれが耐えられないのだろう。

祭りはまだ盛り上がっている。そろそろ王が城に引き上げるだろう。残党はまだいることになるが、漸戯《ざんぎ》は一人分の毒しか売っていない。

走っている途中で飛牙は前につんのめりそうになったが、なんとかこらえまた走る。丈夫そうに見えたところで人だ。水を飲まなかったくらいでも死ぬような柔《やわ》な生き物だ。

城へ戻っていく王の隊列を通り越した。できれば楊栄《ようえい》に露店のことを伝えておきたかったようだが、人混みでそれも叶《かな》わなかった。

「殿下っ、いかがなされた」

王宮に入り、丞相《じょうしょう》に出迎えられた瞬間、飛牙はその場に倒れた。

疲労と脱水。

「一日休めば大丈夫でしょう」

そんなところだったらしく、大騒ぎで医者の元に運んだ者たちも一様に安堵《あんど》していた。

飛牙が意識朦朧《もうろう》となりながら伝えたのは露店の菓子のことだった。まだ捕まっていない残党がいるということだ。おそらく露店主と子供から話を聞けばある程度わかるだろう。

しかし、この騒ぎで英雄殿下が帰還していたことが城内隅々まで知られ、次々と見舞いがやってくる事態になっていた。

ほとんどは遠慮してもらっていたが、蘭曜《らんよう》だけはずかずかと病室に入り、何か大変なことがあるならあたしに相談してくれてもいいでしょ、と怒っていた。それでも滋養のあるものを作ってくるからとすぐに出ていった。

当然のことながら、燕《えん》の有為《うい》も駕《が》の皓切《こうせつ》もやってきた。少なくともその二人とは会わないわけにはいかないらしく、飛牙は横になったまま二国の特使を招いた。

「寿白《じゅはく》殿下、お加減はいかがですか」

心配そうに男二人に見下ろされ、飛牙は苦笑いした。

「ちょっと祭りに浮かれてさ……なんともない」

有為はかぶりを振る。

「誤魔化されても無駄です。あなたのことだ、裏で走り回っていたのでしょう。庚の残党の話は我らも聞き及んでおりました」

「後宮では王母陛下を守られたとか。さすがでございます」

皓切は感服いたしましたと頭を下げた。

「助けたのは猫……みゃんだよ。なあ、みゃんは無事か」

「はい、幸い急所は外れたようで、隣の部屋で休んでいます。医者はこんな猫がいるのかと驚いていましたが」

飛牙は安堵したのか目を閉じた。確かめに行きたいところだろうが、今は体が動かないらしい。

「そりゃよかった」

「しかし、殿下。我らより先に越《えつ》の王太后様とお会いになったそうですね。我が国は殿下の奥方様と姫がいらっしゃる特別な国。ないがしろにされては困ります」

「いやいや、我が駕国にとって唯一無二の名誉殿下であられる。決して他国に負けるものではございませぬ。そうでしょう、寿白殿下」

病室で寿白の取り合いになる。この男はそういう存在になったのだ。

（私の寿白が……）

そう思うと感慨深いものがあった。まるで裏雲のようなことを思っている。

「俺なんかクズだぞ、知らねえだろ……まあいいや、ちょっと寝る」

宣言した途端、飛牙は寝息をたてていた。

二人の特使は顔を見合わせ、では失礼しますかと退出する。

ようやく……ようやく二人きりになれた。那兪はひらひらと飛牙の手に留まった。

最後に央湖《おうこ》の近くにいた裏雲の元に連れていってから、姿を見せることはしなかったのだ。

蝶から少年の姿に戻った。その手を取り、頬を寄せる。眠る飛牙はぴくりとも動かなかった。こらえきれず小さく囁《ささや》く。

「私だって……取り合いたいぞ」

人間ばかりずるい。

誰よりも、徐《じょ》国の守護天令だった私こそ、もっとも長く寿白を見守ってきたのだ。

ただその気持ちをまっすぐ出すことを許されていなかっただけで。

「私は遠からず堕ちる。だが、この地を滅ぼしはしない」

だからもう自らを蔑むな。

英雄でもクズでもなく、そなたは地上の星だ。そなたがいるから私は大災厄になりたくない。

「私が央湖に沈んでも裏雲を恨むな」

それは私にとって救いだから。

そろそろ邁紗《まいしゃ》のところに封印具を取りにいこう。準備もできた頃だろう。祭りも明日には終わる。

それを見届けて、私は沈む。大災厄になる前に。

那兪は蝶に戻ると少しだけ開いていた窓から出ていった。

すれ違うように、街から戻ってきた亘筧が病室に駆け込んでくる。飛牙はまだゆっくり眠れそうになかった。

「兄上ぇぇぇ」

これぱかりは仕方ない。


飛牙の元を離れ、後宮を飛ぶ。

まだ女官たちは祭りを楽しんでいるらしく人は少ない。先ほど起きたという王母襲撃のあとを兵たちが片付けていた。

床の血は宇春のものだろうか。

残党の女や王母も怪我《けが》をしているようだからそちらかもしれない。華やかな女の園で徐国の頂点に立つ女が襲われた。

亘覧の母も大変な人生を引き受けてしまったものだ。

「陛下、少しお休みになられませ。厳重に警戒させていますゆえ」

丞相の声がした。こちらもこの歳《とし》で動き回っている。丞相と王母がいるのだろう、そちらへと蝶は向かう。

「私は平気。こんなものはかすり傷よ。それより寿白殿下は大丈夫なの」

「水も摂《と》らず走り続けて、倒れたようです。充分白湯《さゆ》を飲ませましたゆえ、そのうち起きるでしょう。しかし、王母陛下とほぼ同時に国王陛下までが狙われていたとは……恐ろしい」

丞相は白髪頭を抱えた。

「殿下と裏雲、そして使役されている暗魅たちには足を向けて寝られないわね。私が恨みを買ったばかりに」

王母は長椅子にがっくりと座ると両手で顔を覆った。気丈に見えても限界だったのかもしれない。

「いいえ、私の失態です。容才人がどうしているかを確認すべきでした。おそらく寺院は責任をとらされるのが恐ろしく、報告できなかったのでしょう。今、確認に走らせていますが、まだ幾日もかかります」

丞相は深く詫《わ》びた。

「私はあの人のことを考えないようにしていました。庚でのことなど振り返りたくもなかった」

「王母陛下の温情で命だけは助けられたのです。当時、庚によってどれほど後宮の者が殺されたことか。それを思えば寛大なご処置でした」

　王母は首を振った。

「温情などあの人にとっては更なる憎しみの種でしかなかった。でも、姫たちのためにも受け入れるしかない。それなのに姫二人を失ったのです。豊満な体つきだった容才人はすっかり痩せていました」

　那兪にも多少は庚の後宮での記憶がある。徐ではないとはいえ、天令として報告はしなければならない。結局容才人は庚王の子を産んだ唯一の女である。王后《おうごう》を憎々しげに見つめていた様子にげんなりしたものだ。

　後宮は常に戦いの場だ。大変な秘密を抱えながら、そこを乗り越えてきた王母はやはりひとかどの人物だろう。

「辺境の寺院送りになったときあの女を見ましたが、今とはまるで違います。顔に火傷《やけど》までして隠し通したとは凄《すさ》まじい執念です。理不尽に子を亡くすと鬼になるのかもしれませんな。私にも覚えがある」

「あれは……私です。私がそうなっていたかもしれない。後宮の女とは憐《あわ》れなもの。

少し仕組みを変えてもよろしいでしょうか」

「もちろんですとも。どうか風通し良くしてください」

二人の間に沈黙が訪れた。それだけ重い話であった。

「庚王の姫たちは病死とのことですが、そこも調べていただけますか。まだ七つか六つほどの子だったはずです。親の因果で死なねばならぬのはあまりに不憫《ふびん》。それだけは同じ母としてあまりに辛《つら》い。母親同士はこんな様でも、亘覧はあの姫たちを妹として可愛《かわい》がっていました。これを聞けばさぞ胸を痛めることでしょう」

「……亘覧陛下がお戻りです。お会いになりませんか」

王母は立ち上がった。

「今、寿白殿下を見舞っているのでしょう。あとは晩餐《ばんさん》まで休ませてやってください。私のことを今でも彩鈴《さいりん》と呼んでくれるのはもう寿白殿下だけ……私、殿下にお目にかかると小娘に戻って泣きたくなるわ。亘覧もそうなのかもしれない」

休ませてもらいますと、王母はその場を立ち去った。

この祭りは正念場。心から楽しめるようになるにはまだまだ歳月がいるのかもしれない。

二

桃の花が開いた。

徐より春の遅い燕でも春らしくなってきた。

甜湘《てんしょう》は嬉《うれ》しくなって、つい手折りそうになったが我慢する。これからというときに枝を折るなどもってのほか。

こうして城の庭で咲いていれば、他の者の心も楽しませてくれるのだ。飛牙も同じ花を見ているかもしれない。

徐のお祭りもそろそろ終わっただろう。

「ほうら、風蓮《ふうれん》。綺麗《きれい》であろう」

娘にも見せてやる。腕の中で今は機嫌がいい。

朝のよく晴れ渡った空に桃の花の美しいこと。ゆうべはぐずらずよく眠れた。立って歩くようになった娘を早く見せてやりたい。あれでけっこうな子煩悩なのだから。

「そなたの父はすごいぞ。幼くして国を奪われ、傷つき泣いてそれでも生き抜いた。大山脈を越え異境で暮らし、戻っては国を取り返す偉大な王だった。弟にあっさり玉座を譲り、友のために旅をしながら他の国も建て直す。それがなければ燕国など今頃駕国に負けて属国となっていたかもしれぬ」

姫が小さな欠伸《あくび》をする。赤子にわかるわけもないが、聞かせてやりたかった。

「私はいつの間にか好きになっていた。初めは死にそうにないのがよかったのだが、それ以上になっていた。あの軽いところがいい。顔もいい、声もいい。全部いい。私は四国一の花婿を貰《もら》った」

すごいであろうが、と娘に自慢する。

「だから……本当はもっと会いたい。ちょっと偉そうに笑う顔が見たい」

英雄と言われても人間だ。

無事かどうかばかり気になる。

今日はこのあと妹の昭香《しょうこう》のお見合いに立ち会うことになっている。母である梨芳《りほう》女王とともに書類にも目を通す。

娘と遊ぶ時間が持てればいいのだが、毎日追われることばかりだ。

「おや、あれは」

ふと東、央湖の方角に目がいった。

遠く、やけに黒い雲が見える。今日は雨が降るのだろうか。ずいぶんと禍々《まがまが》しい雲だ。勘などない甜湘も少し不安になった。

そのとき赤子が突然泣き出した。さきほどまであんなに機嫌がよかったのにどうしたことか。

「どうした風蓮、泣くな。城はまだ眠っている者もおる」

よしよし、と宥《なだ》めるが泣き止《や》みそうにない。

「あの雲か、雲が怖いのか」

そんな気がした。なんの雲だろう。何故、あそこまで黒いのか。央湖といえば、天の穴。なにやらよろしくないものを捨て、二度とは浮かばせない場所だと聞く。

「大丈夫だ、四国にはそなたの父がいる。飛牙はあらゆる暗雲を掻《か》き消す。任せておけ。心配はいらぬ。必ず、そなたを抱きしめるから。そなたの父は四国一ぞ」

東から風が吹いてくる。

まとめる前の髪が乱れるが、気にはしない。雲は南へと動いているのではないか。

（徐に向かうのか）

何故だか、あの雲に負けてはいけないような気がして、甜湘は睨《にら》み付けた。すると赤子も泣き止み、同じ方向を見つめる。

（鎮まれ……？）

風蓮はそう言っているように感じた。

親馬鹿だなと笑ってしまう。赤子なのだからそんなはずがないのに。

「うむ、一緒に祈ろう。鎮まれと」

きっと大丈夫。

徐には飛牙がいるはず。相棒たる天令も無二の友人たる黒翼仙もいる。ならば、きっと立ち向かってくれる。

また笑って会える。甜湘には自信があった。

＊　＊　＊

燕国王宮で妻と子が央湖から発生した雲を睨み付けていた頃。

飛牙もまた朝の空を眺めていた。

祭りも終わり、よく晴れた数日だった。皆が日常に戻っていくのだろう。

この日は朝から少し天気が悪かったが、三国の特使たちは無事帰路についた。それぞれの国にはまだまだ問題が山積みで、のんびりもしていられない。旅程だけでたいそうな月日を割く。

特に駕国などまだ雪が残る中、ここまで来た。隣国に攻め、四国を手中にせんと目《もく》論《ろ》んでいた国が前に進もうとしている。

有為からは一緒に燕に戻らないかと言われた。

『姫も会いたいことでしょう。ぜひご自分の家だと思って、燕で暮らしてはいかがでしょう。できることなら、殿下が姫の夫であることも公表したい。そろそろよろしいのではありませんか』

それはまだ大きな問題を片付けてからの話でいい。有為に甜湘への手紙を預かってもらった。

すっかり休ませてもらった飛牙は城を出ようと思っていた。この国の王は亘覧だけだ。偉そうに留まっていても混乱を招くだろう。

雨が降らないうちに出たほうがよさそうだ。

「おまえはもう少しゆっくりしていきな」

横たわる猫に話しかける。

猫は少し恨めしそうだった。宇春としては早く裏雲の元に戻りたいだろうが、自由に動けるようになるにはまだ少し時間がいる。まあ、引き続き蘭曜が看病してくれるだろう。なんといっても元飼い主だ。〈みゃん〉にまた会えて嬉しかったらしく、空いた時間はすべて費やしている。

「那兪のほうをどうにかしないことには姫様の亭主だろうが、翼仙《よくせん》の相棒だろうが、やってられないんだよな」

亘覧が公務に携わっている間に抜け出すのだ。

休暇を楽しんでいた女官たちが戻ってきて、後宮はまた賑《にぎ》わいを見せている。いずれ亘覧が后《きさき》を持てばいろいろ争いごとも増えるのだろうが、今のところは長閑《のどか》なものだ。

ある意味、その長閑さに付け込まれたとも言える。捕まった男たちと容才人はまだ取り調べを受けているようだが、そこはもう飛牙が口を出すことではない。

亘覧に菓子を差し出した露店主は無関係であることがわかったらしい。菓子に毒をかけた子供もどうやら利用されただけらしく放免となった。

これはもっと美味《おい》しくなる魔法の粉、陛下のためにかけてあげなさい。内緒でね——そう見知らぬ女に言われ薬包を渡されたという。現在楊栄はその女を捜している。まだ捕まっていない残党がいるということだ。

「……虞淵は動けるようになったみたいだしな」

昨日、蘭曜に頼んで様子を見に行ってもらったが、裏雲はすっかり宿を引き払っていたという。ただ綺麗な若い男が二人、部屋から出ていったという話を宿の者から聞き出してくれた。裏雲と虞淵だろう。

虞淵の無事に安堵した。あの毒消しは暗魅にも効いたということになる。

これでようやく那兪のほうに全力を向けられる。まずは堕ちた天令少女のところに行くつもりだ。

こっそりと部屋を出て、あたりを見回す。盛大にお見送りなどされては面倒だ。ついでにどこかの枝に青い蝶が留まっていないかも確かめる。

（那兪……出てこい）

隠れてこちらを見ている可能性は充分ある。

楊栄から借りていた官吏の装束を身につけ、飛牙は城の裏手に回った。広い城内には獄塔も残っている。子供の頃、悧諒《りりょう》と一緒に一晩過ごし、大人になって戻ってきたら寿白としてぶち込まれた獄だ。

身分が高い者が送り込まれるというこの塔に、容才人も収監されている。いずれ処刑されることになるのだろう。助けてやれとは言えない。この塔で生きながらえることがましだとはとうてい思えないからだ。

朝から城内が慌ただしいのは祭りの後片付けのせいだ。帰路についた特使たちの客室などの始末もあっただろう。

皆少し気怠《けだる》い様子だが、それでも精を出していた。楊栄は残党狩りのため今日も市中に出ているらしい。確かに亘筧を毒殺しようとした女が見つかっていない。

丞相は部下とともに庚の後宮の名簿をひっくり返し、容才人の共犯になり得る妃《きさき》や女官がいなかったかを洗い出している最中だ。庚王の女たちは二度と王都に上らないことを条件に許されたという。

獄塔の裏を通ったとき、植え込みから人の脚が見えた。

「あ……？」

「おいっ」

倒れていた男を引きずり出し、呼びかけたが応えはない。背中を細いもので一突きされて死んでいた。

「獄塔の番兵か……」

塔の前に兵がいない。腰につけているはずの鍵もなくなっていた。

獄塔の扉も簡単に開く。中にもう一人、兵が倒れていた。腹を刺されているが、こちらはまだ息がある。

「何があった」

「女が一人……襲ってきて……ここの女を連れて……っ」

血を吐き、それ以上は話すことができなかった。

女が容才人を脱獄させたという意味だろう。まずは異変を報《しら》せねばならない。飛牙はすぐに獄塔を出ると、近くを歩いていた官吏を捕まえた。

「獄塔が女に襲撃された。急げ、塔に怪我人がいる。残党はまだ城内にいるだろう。詰め所の兵に伝えろ」

「で、殿下？　はいっ、すぐに」

官吏は大慌てで駆け出した。

容才人は死ぬ覚悟をして後宮に潜入していたのだ。今更逃げようとは思わないだろう。だとすれば最後の賭けに出る。

彩鈴の元にいくべきか。だが、一度襲撃された王母の警備はかなり厳しくなっているはずだ。今更容才人が近づけるだろうか。それは亘覧も同じこと。片時も離れず警備の兵がついている。

城から出ていくのはとりあえず後回しで、まずは亘覧のところに向かうことにする。先ほどの官吏が報せてくれたらしく、兵たちが獄塔へと向かっていた。後宮は出入り口を固め、物々しい配備になっている。

おそらく女は祭りを終え戻ってきたここの女官か下働きだろう。容才人と合流し、何かをしようとしている。

「おお、殿下」

丞相が息を切らしてやってきた。

「容才人が逃げたというので、城を閉鎖しておる。しかし、なんということだ。女にやられるとは」

「一矢報いなければ気がすまないんだろうよ。敵は女であることを利用してかかってきているな。聞老師《ぶんろうし》も気をつけてくれ」

「蘭曜を見つけたら、部屋で大人しくしているよう伝えてくれ。それでは」

そう言って丞相は足早に消えた。その後ろを警備の兵がついていく。

「……蘭曜か」

そういえば今朝はまだ宇春のところに来てなかったな、と思い出す。気になる。こういうときの勘は馬鹿にならない。血なまぐさいことばかり、そういう生き方をしてきた。

丞相の孫娘で亘覧や彩鈴とも近しい。後宮に潜り込んでいた女たちならその辺も知っている。

飛牙は部屋に戻ると、猫に話しかけた。

「蘭曜を捜しているんだが何かわからないか」

横になっていた猫は顔を上げた。肯《うなず》くか首を横に振るだけで答えられるようにしたつもりだが、猫は起き上がると少女の姿になった。

「無理するなよ」

「もう動ける。闘いはまだできそうにないが」

宇春は少し脇腹を押さえた。痛くないわけではないようだ。

「蘭曜の匂いを追う。ついてこい」

「それ、猫でもできるのか」

「暗魅は人よりたいてい優れている。行くぞ」

確かにそんな気はする。自分が宇春より優れているところなど見当たらなかった。

「人の姿でいいのか」

「戻るのがきつい」

「やっぱり大丈夫じゃないんじゃねえか」

「わたしは蘭曜の猫でもあった」

なんて律儀な暗魅なのかと泣きそうになる。今はついていくしかない。

「那兪っ、蘭曜を捜してくれ」

いるかわからない天令に叫ぶ。那兪も聞老師と蘭曜が住む家に匿《かくま》われていたのだ。多少の恩義は感じているかもしれない。また那兪に干渉させることになるが。

外に飛び出すと、少女は思い切り息を吸った。

「向こうだ」

宇春のあとを追う。頼るのはよくないことかもしれないが、那兪が動いてくれることに期待した。

空は急速に黒い雲に覆われていく。

「なんだ……この空」

走りながら空を見上げ、飛牙は強い不安を覚えた。確かに天気は悪かったが、北から涌《わ》いてきた雲はみるみる空を覆い尽くしていく。

(央湖から?)

央湖のあの真っ黒い水が空に昇り、雲を作ったならあんな色の雲になるのかもしれない。

「あそこだ」

宇春が指さす。裏手にある小さな建物だった。おそらく清掃のための備品保管庫だろう。

蘭曜は掃除のためのものでも取りに来たのか。それならそれでいい。胸騒ぎが杞憂《きゆう》で終わるならそれに越したことはない。

戸を開けた瞬間、凄まじい稲光が走った。すべてが一瞬白くなって、地面が揺れる。強い衝撃に体が弾《はじ》かれた。

「蘭曜っ」

建物の中に雷が落ちたのか。揺れがおさまり、中に入ると焦げ臭い。

「ひ……飛牙……」

震える声がして、蘭曜が四つん這いになって出てきた。飛牙を見上げたその顔は恐怖で歪《ゆが》んでいた。

「よかった、無事か」

「あの人たちが……」

建物の奥に亡骸が二体見えた。すぐに死体であることがわかる有り様だった。一人は頭から黒焦げでそれが男か女かもわからない。もう一人は一部焦げてはいたが、女であることはわかる。

「那兪……おまえなのか」

建物の隅で頭を抱え、震えている子供が見えた。銀色の髪の頭を上げる。

「私がやった」

蒼白《そうはく》な顔は紛れもなく那兪だったが、どこか表情が違った。うつろな目はこちらに別れを告げるようだ。

「蘭曜を助けようとしてくれたんだろ」

「私は天令と名乗り、姿を見せて女たちを止めた。だが、私の言葉は届かなかった。王母への恨みはあまりにも深く、聞く耳など持たなかった。ここまで無力なのだ。その殺意を和らげることもできず、光を放って動きを止めるより先に雷を落としていた。私はわかってくれない彼女たちが憎くなっていたのだ。これは悪《あ》しき感情だ。私は殺したくて殺したのだ。天の力を使ってっ」

那兪の悲痛な叫びに飛牙も言葉を失う。助けを求めるばかりで、那兪にしてやれたことはあっただろうか。

「抑えられなかった。もう……抑えられない」

両手で肩を抱き、わずかに笑った。

「俺と一緒にいろ。何があっても止めるから」

また無責任なことを言う。こうなった天令を止められるはずがない。

「私はもう災いなのだ。天は止めたかったから、戻れなくしたり、記憶を奪ったりしただけだ。何度も警告した。それでも私は勝手に堕ちた」

那兪はゆっくりと立ち上がる。

「邁紗は堕ちてすぐに封印具を作った。だが間に合わなかった。誰もあの可愛らしい見た目の天令にそんなものをはめることができなかったのだ。人にとって天令は天そのものだからだ。畏れ多いと」

飛牙は後ろから那兪を抱きすくめた。

「俺がそれをやる。その間に方法を探す」

「封じるだけでは駄目だ。それだけでは堕ちた天令を防ぎきれない。今ならそれがわかる。私はもう別のものに変わろうとしている――宇春、裏雲に伝えてくれ、央湖で待つと」

目を瞠《みは》った飛牙の手を外すと、那兪は友の目蓋を手で覆った。

「皆、目を閉じろ」

そう叫ぶや、那俞は目の前で光になった。壊れた屋根から一条の白い矢となって消えていく。

「那俞っ、待てって」

叫んでも聞こえはしないだろう。飛牙はその場に膝をついた。

空は青く晴れていた。あの黒雲も雷もすべて那俞が呼び起こしたのだ。その力をまざまざと見せつけ行ってしまった。

「俺が呼ばなきゃ……」

こんなことにならなかった。すぐに那俞を頼ろうとする気持ちがあそこまで追い詰めた。

「わたしは裏雲のところに行く」

宇春がそれだけ言うや、猫になって走り去った。

「蘭曜、大丈夫か」

まずは蘭曜に声をかけた。まだ立ち上がれないでいる。

「ごめんね、あたしがあいつらにここに連れてこられたから……」

立ち上がろうとする蘭曜に手を貸す。

「掃除の桶《おけ》がどこにあるかと訊《き》かれて、案内しただけなのにな、悔しい」

「まさか蘭曜を狙ってくるとはな」

「丞相の孫で亘筧の遊び相手、おまえを切り刻んでやったらあの女もすかした顔してはいられないだろうって。でも、那俞が止めに入ってくれたのよ。あんなことになっちゃうなんて。ほんと、ごめん、あたしのせいだ。那俞は天令だったのね、堕ちちゃうの？」

「そんなこと知っているのか」

「じいちゃんから聞いてたもの。どうしよう。天令は堕ちると大変なことになるんだよね。この世が終わるって」

「蘭曜のせいじゃない。とにかく、ここの惨状を伝えてくれ。俺は央湖に行く」

自責の念に苦しむ蘭曜の姿を見て、飛牙は気を取り直した。てめえでてめえを責めてもどうにもならない。まだ那俞と地上を救うことはできるはずだ。

落雷があった場所へと官吏や兵が集まってきた。その中には王母もいた。青ざめた顔で人を掻き分け入ってくる。

「彩鈴、見ないほうがいい」

「私が見ないでどうするの。この人たちの死に様は私が見なきゃいけないの」

王母は黒く焦げた亡骸の前に立ち膝をついた。

「社美人《しゃびじん》……そう、あなたたち組んだの」

まだ顔のわかるほうの女を見て、王母は呟いた。どうやら庚の後宮で同僚だった女らしい。

「容才人と社美人は仲が悪くて、いつもいがみ合っていたわ。お互い毒を盛り合っているって噂まであったくらい。お付きの者たちまで露骨に競い合って、刃傷《にんじょう》沙汰もあった。でも、そんな関係でも共通の敵ができれば手を組めるものなのね」

王母の双眸《そうぼう》から涙が溢《あふ》れた。こらえ続け、今やっと泣くことができたのだ。

「負けちゃいけないと気を張り続けた。亘覧のことが知られたら私たち母子には酷《むご》い処刑が待っている。絶対に負けられなかった。裏雲が庚王を憎んでいるのを感じたからこそ、彼といるときは気が休まった」

「裏雲のこと、気づいていたのか」

「後宮にいて恨まれてばかりいると、そういう勘だけはよくなるのよ」

王母は涙を拭って顔を上げた。

「私はうんと長生きしてこの国の行く末を見届ける。女だの后だの母だのという鎖はいらない」

振り絞った誓いはなんと尊いことか。

「それでいいさ。俺は行く。馬を一頭貰うぞ」

あとは頼む、と駆けつけてきた官吏に言い、飛牙は厩舎《きゅうしゃ》に向かった。

適当な馬を一頭貰い受けると、騒ぎがおさまらない城内を駆け抜け、そのまま門を出た。

那兪が何故裏雲とは会っていたのか、ようやく理解できた。自分の始末をつけさせるためだ。それができるのは裏雲しかいないと思い、裏雲もまたそれを承諾したということだろう。

王都を抜け、北へと向かう。

(ふざけるなよ)

勝手に一人で決めるんじゃねえよ、空に向かって叫びたかった。

＊　＊　＊

央湖から黒い水が霧になって上っていったかと思うと雲になった。

邁紗はその様子を震えながら見上げていた。かつて見た、あの光景。絶望なんて言葉ではまだ足りない。

だから天令は天の手足でなければならなかった。頭や心であってはならなかった。そこに甘んじることができなかったのは傲慢だったからだろうか。

今でも邁紗にはわからない。わからないまま、こうして存在している。天に戻れず、地に根付けず。

雲の流れのせいか、央湖の山に震動が伝わってくる。ほころびかけた木々の蕾《つぼみ》も固く閉じていくようだ。

「那命……」

堕ちたのか。

さあ、来い。封印具は用意した。気合を入れて彫った。

那命の痛みがひりひりと伝わってくる。理解してやれるのは私しかいない。

六百年以上前、私は地上を滅ぼした。いくつの稲妻が走っただろうか。地上は昼でも暗くなり、雨は止まず、私は命を消し続けた。

天下《てんげ》四国《しこく》が眩《まぶ》しかった。人がやり直してくれたことに感謝した。もちろん、そこでもいろいろあったのは知っている。駕の始祖王のしていること、越の天災、燕の王座を捨てた女王のことも。そして徐が庚になり、庚が徐になったことも。

ずっと四国を回った。次にその土地に行く頃にはもう知り合った者は生きていない。いつもそう。それを嘆く資格もない。

那命はそうなるな。

始末をつけられるならそれがいい。助けられなくてすまない。壊れた天令はすべてを壊してしまうから。

「また泣いているのか」

鬍拾《ごしゅう》が呆《あき》れたように話しかけてくる。この男は私を守るためにずっと付き合ってくれている。鬍拾を死なせたくない。だから、那俞が大災厄になっては困る。

（私はまるで人ごとのように勝手だ）

涙を拭った。拭っても溢れてくる。

「大災厄が来るかもしれない。みんな死ぬかもしれない」

鬍拾は瞠目《どうもく》した。

「そうなのか。それはいかんな」

「鬍拾はこの世が憎くないのか、逃げ続けているのに」

庚王の弟だったばかりに、実の兄からも復興した徐からも命を狙われる身だ。何もかも嫌になって、この世が消えてしまえばいいと拗《す》ねてみてもおかしくない。

「それは私の問題だ。すべてが滅べばいいなどと思ったりはしない。私はこれでもいい大人だぞ」

「そんな鬍拾だから死なせたくない」

鬍拾は照れてみせた。髭面《ひげづら》の男が恥じらう顔も悪くない。

「そう思ってくれる奴《やつ》に出会えたなら生きた甲斐《かい》があるというものだ」

邁紗はまた泣いた。

きっと那俞にもこんな出会いがあったのだ。だから天令のくせに感化されてしまった。私たちは手足なのに。

「天令様も苦労が多かったんだろうな。子供の頃はお伽噺《とぎばなし》だとばかり思っていたが、生きてればこんな出会いもある。そんな天令様がまた一人傷ついたら可哀想《かわいそう》だ。大災厄は止められればいいな」

「……うん」

止めたい。今度こそ止めたい。それが私の夢。

(もしかしたら私は今死にたくないのかもしれない)

そんなことまで思ってしまう。そんなはずはないのに。

終わりが見えないことに疲れ、何年も大地に突っ伏していたことだってある。このまま土に還《かえ》りたいと。

央湖に沈もうと飛び降りようとしたこともあったけれど、一人では体は動かない。それが身の内に潜む恐怖によるものなのか、天令の力なのか。翼仙に封印具をつけてもらい試してみたが、それでも駄目だった。央湖に落ちるなら、きっと人の手がいる。容赦なく落としてもらわなければならないのだろう。

すまない、那兪。天令を殺す者は見つかったか。寿白か裏雲とかいう黒翼仙か。かつて央湖に沈んだ天令もいるとは聞くが、それこそ私にとってのお伽噺だった。

立ち上がり、邁紗はじゃらりと天令を封じるための鎖を掲げる。

「那俞、私はここだ。受け取れ。私のように後悔するな」

南の空の向こうから、光がやってくるのが見えた。

三

馬を走らせ北に向かっていた飛牙は途中で越の王太后の隊列と出会った。老女を輿《こし》に乗せての帰路はゆっくり進まざるを得ない。国境までは徐の兵も護衛についている。

「追いついてしまったか……、挨拶してる余裕はねえ」

黙って隊列を見送るつもりだったが、それを邪魔するように飛牙の周りを小鳥が飛び回った。

見れば脚には細く折った布が結ばれている。可愛らしい小鳥にはいかにも邪魔になるようだった。

(獣心掌握術か)

驚いて左手を差し伸べる。右手で小鳥から布を外すと、小鳥は飛び立ち、再び周りを飛んだ。

『驚いたか、わらわも小鳥程度であれば多少この術が使えるのだ。先ほど王都へと黒雲が動き、稲光がした。何が起きたのかはわらわもわからぬが、かなり良くないことの兆しであろう。かつて一人の白翼仙《はくよくせん》から聞いたことがある。すでに故人だが、その者には宥韻《ゆういん》の大災厄に関する知識があった。わらわが聞いたことをここに後述する。寿白、そなたにばかり苦労をかける。だが、そなたでなければ四国は救われないように思えるのだ。どうか頼む、この地上を護《まも》ってくれ。どうか、どうか。瑞英《ずいえい》』

目を通したのを確認し、返事はいらぬとばかりに小鳥が飛び去っていった。

生き物を一時的に操るのは徐の王族に伝わる術。徐の王女として嫁いだ王太后ができても不思議ではない。

瑞英と署名のあとに、堕ちた天令に関することが書かれていた。それを読むや、飛牙は長く息を吐く。

「おばちゃん……長生きしろよ」

だとしたらもう打つ手はこれしかない。

おのれの命で寿白を守った者たちに、報いるときが来たのかもしれない。徐を取り戻したくらいでは全然足りない。裏雲と那兪がいたからこそそのことだ。

「……風蓮」

未《いま》だ乳飲み子の娘は元気にしているのか。

すまない、甜湘。

結局、名跡姫《みょうせきひめ》に世継ぎの姫と自分で選んだ夫を贈っただけなのかもしれない。普通の家族というわけにはいかないことは甜湘も充分わかっていただろうが、申し訳なく思う。

央湖へと馬を駆る。

王太后はかつて子供を亡くしたあと、王宮から家出したことがあったらしい。そこで隠遁《いんとん》生活を送る白翼仙と問答を交わしたという。子を亡くした自分が生きる道とはなんなのか問いたかったのだろう。

そこで雑談となり聞いた話が手紙の最後に書かれていた。

『人は死ぬ。逃げ道も終点もあるということ。これがないものを天令と呼ぶ。見目麗しい少年、あるいは少女の姿をしていて、ひとたび姿を見せれば人を魅了する。天の使いで背くことは許されない。背くごとに人の気に影響される。目の前で何が起ころうと助けられない天令であることが耐えられなくなる。彼らは堕天を恐れるが、堕天とはおそらく天の意思ではない。天令が自ら堕ちていくことなのだろう。憐れにも揺れる状態になった彼らにそれを止めることは難しい』

わかる気がした。飛牙もかつては冷酷な天が意地悪をして堕とされるのかと思い込んでいた。だが、ようやくそうでもないのだと察してきていた。天は天なりに、堕ちようとする天令を止めていたのだ。それがなんらかの懲罰だったのだろう。

『宥韻の大災厄の天令はある白翼仙にこう言ったという。私をこの鎖で縛《いまし》め、央湖に沈めよ、と。だが、その白翼仙にはそれができなかった。正気をなくした天令は暴れ、湖面に弾かれる。翼の聖者には天令を沈めるなどという罪が犯せなかったのかもしれない。結局、堕ちた天令は封印具を自ら引き裂き、大災厄を招いた。止めるすべがあったものかどうか』

文面はそこで終わっていた。

邁紗は自らを封じる鎖を作り、白翼仙に央湖に沈めてくれと頼んだが、結局大災厄にいたってしまった。

あの少女もそこまでした。

そこで那俞は裏雲に頼った。裏雲ならばそれができると思ったからだ。

央湖に落ちればどうなるのか。央湖ならば天令でも死ねるということなのか。それとも生きたまま真っ黒い水に沈み続けるということか。

(那俞はどこにいる。邁紗を捜したほうがいいのか)

どこかで裏雲と待ち合わせしているはずだ。央湖に落ちることができる場所か。人でも央湖に入ることはできるというのに、天令はできない。白翼仙も駄目なのかもしれない。

だから裏雲なのか。もちろん、人でも俺には無理だとも思われているわけだ。

「無理じゃねえよ……」

飛牙は馬を乗り捨てると、央湖の山に入った。

「できるんだよ、俺は」

片手を空に伸ばし、鳥を呼ぶ。那兪を捜してもらう。こんなときの獣心掌握術だ。

央湖に銀髪の少年が何人もいるわけではないだろう。

首尾良く一羽《わ》の鳶《とび》が手に留まった。

「那兪を捜してくれ、こんなチビスケだ」

鳥に伝わったのか、すぐに飛び立った。

央湖の南は比較的人でも到達しやすい。寿白の部隊で自害した者は歩いて湖面へと消えた。

他は険しく、人がそこまで行くのも難しい。だが、天令と黒翼仙、羽付きならばおそらくどこでも可能だ。逆にいえば、歩くしかない飛牙が簡単には行けないところを選ぶのではないか。

かつては火山の噴火口だったのかと思わせる丸い形で、生命のない黒い湖面は見るだけで人を追い込む。

飛び降りれば湖面に叩《たた》きつけられただけで即死しそうな高さがあるのは北東か。こうなると羽がほしくなる。とりあえず、邁紗がいたあたりを通ってそちらに向かってみようかと思った。

途中、小娟《しょうけん》に寄り多少の装備は整えてきた。太府《たいふ》に掛け合い、玉剣《ぎょくけん》まで借りてきた。意味がわからなかったようだが、寿白が貸せと言えば嫌とは言えない。この剣さえあれば、翼竜などの暗魅が襲ってきてもなんとかなるだろう。鳥が央湖周辺から那兪を見つけ出すにはまだまだ時間がかかる。

草木の生い茂る山を歩いているうち、向こうから男が降りてくるのが見えた。

「おーい、英雄さんか」

翩拾の声だ。向こうが気づいてこちらに向かってくる。

「翩拾、ここだ」

草木を分けると斜め上に髭面の男がいた。

「本当にいたな。堕ちても天令なんだな、勘がいいというか」

「そこにあの子はいるのか」

「邁紗なら寝てしまったよ。あなたがここにいると教えて、こてっとな。天の夢を見たいらしい」

「なあ、那兪って天令が会いにそっちに行かなかったか」

「来たさ。手錠やら鎖やら受け取って飛んでいったぞ」

子供にあんなものだけはしたくないな、と翩拾は呟く。

「どっちに飛んだ？」

「そうさな、北に向かったから央湖の北東ってとこか。邁紗もその方向で間違いないと言っていた」

あんちくしょ。やはり人にとって一番きついところに行ったようだ。

「ありがとう。伝えにきてくれたんだな」

「こんな身の上だが、まだ死にたくなくてな。邁紗の話じゃ、あなたが四国を救えるかもしれないということだ。期待してもいいのか」

「他人に期待はしないでおけ。うまくやってくれたら、めっけものだ」

「そうか、そりゃそうだな」

思い当たることがあるとでもいうように翩拾は笑った。

「とはいえ、やっぱり期待させてくれ。大災厄でも天令は生き残るだろ。みんな死ぬならまだしも、邁紗だけ残ったら憐れだ」

「ずいぶんと大事に想《おも》っているんだな」

「あの子に比べたら私の悩みなんて小さなものさ」

天令——誰に恨まれようと、死ねば済む人間とでは背負うものが違う。

「邁紗は他に何か言ってなかったか」

「かなり、泣いていた。そしてやるべきことがわかったと。私にも那兪にも役目がある。それを果たすとな」

「どういうことだ」

「さっぱりだ。だが、それまでに休んでおくと寝てしまった。そうそう、礼を言われたよ。次は私が翩拾を守るってさ」

庚王の弟はそこまで堕ちた天令に好かれたのだ。この男が生きていてくれたことを感謝しなければならないのかもしれない。

「まさか庚王の弟とこんなふうに話せるとはな」

「ああ、私も同じ気持ちだ。あなたと出会えてよかった」

そう言ってから恥ずかしくなったのか、翩拾は頭を掻いて空を見上げた。

「しかし今日はまたずいぶん大鷲《おおわし》が飛んでいるな。喰《く》われかねない」

ときどき満月が隠される。十羽以上いるだろうか、人間二人を狙っているかのように空を旋回していた。

「心配するな。道々、俺が呼んだのさ」

「は？　鳥葬でもする気か」

あまり信じていないらしく翩拾は苦笑する。

「逆だ。じゃあな、ちょっと行ってくる」

「途中までで送りたいところだが、その剣を持っているなら私のほうが足手まといになるだろう。じゃ、行ってこい」

帰ってきたら酒でも呑もう、と醐拾に送り出された。

再び一人で山を分け入る。楽な行程ではない。もちろんあと二、三日はかかるだろう。

暗魅に遭遇しても剣を構えれば退散する。やはり王玉は欠片《かけら》だろうが頼りになる。天がくれたものには意味がある。

(那俞は天がくれた最高のものだ)

どうしても始末をつけなきゃいけないというなら俺がやる。

裏雲にはさせない。天令を沈めることが罪になるのかもしれない。黒い翼は全身を蝕《むしば》み、もはや黒翼仙ですらなくなるかもしれない。

「ならその罪は俺が引き受ける」

それが道理だ。

＊　＊　＊

「やはり……戻れないか」

裏雲に改めて訊かれ、虞淵は肯いた。

小娟の宿で確認してみたが、結果は変わらないらしい。薄暗い部屋の中でうつむく青年はなんともいえず頼りなかった。

結局毒の症状はそれほど出なかったのだから、毒消しは効いたのだろう。だが、これは効きすぎたということなのか。

「ならば、もう虞淵は人だ」

蜥蜴《とかげ》の姿に戻れないのであれば、そうとしか言いようがなかった。あの毒消しには妙な副作用があったらしい。漸戯が聞いたら大喜びするだろう。そもそも暗魅に使うものではなかった。

「人……」

呟いたのは虞淵ではなく、宇春だった。さきほど合流したばかりだ。

王宮で起きたことも聞いた。那兪が堕ちたというなら、急ぐ必要がある。もう少し時間があるかと思っていたが、残念だ。

後宮の女が恨んだまま野に放たれたのなら、それは邪《よこしま》にもなるだろう。宦官《かんがん》として庚の後宮にいた裏雲にもよくわかる。容才人のことはもちろん知っていた。生まれた子が二人とも娘だったことを呪い、王后――今の王母をずいぶんと憎んでいた。可愛らしい姫たちだったが、親に愛されていたとはいいがたい。それでも、失った悲しみは深かったのだろうか。

おそらくは、亘筧が庚王の子ではなく、まんまと徐の王母となった女への恨み。それが娘たちが死んだことで解放されたのだ。

(人の行き着く先は変わらない)

徐が滅ぼされてからあれだけ耐え抜き、それでも何も残らなかった。善悪など何も意味はない。この世は討つか討たれるかだ。裏雲は黒い翼を背中に生やした。庚王を殺す以外、生きる理由がなかったのだから。

「何故、虞淵が人になる？」

宇春は納得できないというように首を傾《かし》げた。

「蜥蜴の姿で毒を喰らい、人の姿で毒消しを飲んだからなのか。そこは私にもわからない」

漸戯に製法を聞いたところで戻るのかどうか。

かりに戻るとして暗魅として生きるほうがいいのか。虞淵は仲間もいない孤独な暗魅だったようだ。だからこそ、汀海鳴《ていかいめい》にも使役されていた。

「これを食べてみなさい」

裏雲は果実を虞淵に差し出した。春の野苺《のいちご》で今徐では旬のものだった。甘酸っぱい味わいを暗魅は好まない。

「これを……？」

果実を受け取り、おそるおそる口にする。虞淵は目を潤ませた。

「……美味しい」

今まで植物を食べることはなかった虞淵の明らかな変化だった。

「人を使役することはできない。虞淵、君とはここで別れる」

「嫌です、そんな」

青年は首を振った。とうてい納得できないというように、泣きそうな顔をする。

「これが君にとって良いことかどうかは私にもわからない。だが、人として幸せになってくれ。お金を渡しておく」

金銀の入った布袋を卓に置いた。人として生きていくには金がいる。なりたての人間ならば尚更《なおさら》だろう。

(手切れ金ということになるのか)

だが、多少なりとも責任はとっておきたい。生きているうちに。

「僕はもう使えませんか。裏雲の役にたてない？」

「そうだ」

虞淵は潤んだ目を見開いた。その表情を見ただけでもわかる。彼はもう暗魅ではない。普通の人間でもないのかもしれない。ちゃんと歳をとるかどうかも不明だ。だが、どこにも暗魅は残っていなかった。

優しく、気の弱い青年。それが虞淵の姿だった。

「宇春、央湖に行くがついてくるか」

「天令に会うのか」

「嫌なら、ここに残ってもいい」

少し考え込んだ。

「行く。もしものときは裏雲の骨を拾おう」

「黒翼仙は死ぬとき何も残さない」

「気持ちの問題だ」

なかなか人臭い表現を覚えたものだ。宇春の心意気をありがたく受け取ることにした。この子は強い。

「裏雲、僕も——」

追ってこようとする虞淵を手で制した。

「もし、やることがなかったら殿下を頼む。人として支えてやってくれ」

君は自由だと言ってやりたかったが、人は意外に縛られているほうを選ぶ。虞淵もそうだろう。

「……はい」

「君はいい子だ。暗魅にも人間にしておくにも惜しいくらいだよ。もう追ってきてはいけない」

もっと強く突き放すべきかもしれない。それができないのはこの期に及んでも嫌われたくなかったからか。

裏雲は猫娘とともに宿を出た。見送られている気がして、振り返ることはできなかった。殿下と喧嘩別れする程度には彼らは深くこの胸に入り込んでいたらしい。

結局、生きていれば縁は増える。

外はもう夜だったが、飛行にはうってつけの月明かりだ。奇跡のように丸い月が東の空に浮かんでいる。

「わたしも人になれるのか」

宇春が問う。

「どうかな。なりたいのか」

「なれば裏雲と別れなきゃならないのだろう。暗魅でいい」

なかなかどうして、こちらの子もいじらしい。報いてやれないのが心苦しいほどだ。

宇春は猫になって懐《ふところ》に潜り込んできた。街の外れまで歩き、人がいないことを確認すると裏雲は久しぶりに翼を広げた。

夜に溶け込む黒い翼にかつての力強さはない。まるで老いぼれの鴉《からす》のようで、猫を抱いて飛ぶのが精一杯だった。

(もう殿下を抱いては飛べない)

とはいえ、急がないことには不機嫌な蝶々に叱られてしまうかもしれない。夜の空を央湖へと飛んでいく。

夜空に群れているのは翼竜かと思い身構えたが、どうやら大鷲のようだ。襲われないように少し迂回《うかい》した。

酬拾あたりが狙われているのでなければいいが。

(人を案じているだと……それも庚王の弟を)

笑わせる。血でどす黒くなった翼をもつ者が。

私は天令を殺す。そしてたぶんこの身も。

「黒い翼の借りを返すときが来た」

たとえ罪を重ねることになっても、殿下が護った四国が残るなら本望。

＊　＊　＊

天の声を聞いたことがない。

あれは感じるものだから。

「なに、寝たふりをしている」

これは天の声ではない。那兪は仕方なく、目蓋を上げた。

「支度が整っていない以上、感情を抑えていなければならない」

「馬鹿か、そなたは。何故堕ちた」

思思《しし》は怒っているのかと思ったが、見下ろすその顔は泣きそうに見えた。この天令でもこんな表情ができるのかとちょっと驚く。

「堕ちるときは音がする。おのれの中でぷちっとな」

「……私にできることはないか」

「この鎖で私を縛め、央湖に突き落とせるか」

「体が動かぬ。央湖ほど恐ろしいものはない。こんなところには来るのも嫌だ」

那兪は真っ黒い湖から目を逸《そ》らした。

今、央湖の縁《ふち》にいて捧《ささ》げ物のように横たわっている。だが一人ではこれ以上は無理なこと。

「そうだろうな。それができるならそなたは邁紗のときにそうしただろう」

思思と邁紗。これが人なら双子のように見えたのかもしれない。

「邁紗と会ったか」

「あれはもうほぼ人。だが、天令として生まれた以上、死ぬ仕組みがない」

「邁紗だけではなく、そなたにまで何もしてやれぬか。自分が嫌になる」

「それは危険な考えだぞ。思思は堕ちるな」

思思はかぶりを振った。

「私が天に頼む。他の天令にも、始祖王にも、天を構成するすべての魂に。だから一緒に昇ってみないか」

「無理だ。私は自らの意思で堕ちた。天はもはやどうにもできない」

すでに天の手を離れ、地上の問題になっている。

「そうなのか。そんな気はしてた。わざわざ天が堕とすわけがない」

思思は悔しそうに歯噛《はが》みする。

天は堕としもしない。救いもしない。ただ見守るだけ。

「人が不完全なように天令も不完全だ。もしかしたら天も不完全なのかもしれない」

「急に悟ったか」

「堕ちるとはそういうことでもあるようだ」

だが、大災厄になってしまえばそのあたりの真理も手放してしまうのではないか。

堕ちた天令が記していなかったのはそのせいだ。

「ありがとう、思思。大災厄になる前に話せてよかった」

「神妙になるな」

馬鹿め、と少女の顔で悪態をつく。

「私だっていつか堕ちるかもしれない……そのときは央湖なのか」

頼りなく問い掛ける思思にいつもの尊大さはなかった。

「央湖に落ちてどうなるかはよくわからない。ただ、大災厄にはならないだろう。それだけは感じる。ここに来るしかなかったと。どうするべきなのか、その答えが見つかればと思っている」

人は死んで土に還る。焼かれ煙になれば雨になる。天令にも還るところはあるのか。それが央湖なら拒まれても行く。永遠の牢獄《ろうごく》でもかまわない。

「そなたを沈めるのは寿白か」

「いや、裏雲だ。あの翼があれば私を湖面ぎりぎりで落とし、戻っていけるだろう。私がどうなるかわからない以上、賭けにはなるが」

白翼仙には天令殺しは難しいとなれば、黒翼仙に頼るしかない。

「奴の翼の猶予はそのためか」

「どうだろうな。天も賭けるときがあるのだろう。始祖王に賭けたように」

「なるほどあの連中は始祖王みたいなものか。楽しかったな、四国ができようとしているときは。私も胸が躍った」

四人の若者がそれぞれの国を打ち立てる。その様子は天令の目にも眩しかった。多くの血も流れたが、その価値はあった。始祖王たちはその後、天の一部になった。汀海鳴もそうだろう。過ちを犯すことがあっても、天は不完全なりに果敢に戦ってきた者を好む。

「今はあの頃に似ている」

「寿白と燕の甜湘が夫婦になるあたり、確かにそうだな。蔡仲均《さいちゅうきん》と灰歌《はいか》もまた恋仲だった。子まで作った。それぞれの国を打ち立てるため、夫婦にはなれなかったが」

懐かしいと思思は目を細めた。

「だからこそ、私のせいで滅ぼしたくはない。飛牙の子に未来があるよう」

「だが、もはや私には何もできぬようだ」

思思が手を握ってきた。長すぎる付き合いだが、こんなふうに触れ合ったのは初めてだった。少し体温を感じる気がしたのは感傷だろうか。

「私のことで心痛めるな。天令は泰然としておらねば」

「ふん。そなたがしくじったら、また作り直すだけだ。でも、天下四国はちょっともったいないがな。那兪よ、さらばだ」

赤い蝶になった思思は空へと舞う。

空に光の粉を撒《ま》くように飛んでいった。月明かりに煌《きら》めく。正しく丸い月と光の道。あれを見たなら、人は天の存在を感じるだろう。

(天令は天と地上を繋《つな》ぐ光)

その立場がわかってももう戻れはしない。

私は均衡を失い、こうして堕ちてしまった。これもまた地上にとっては避けられない天災というだけ。

体の深いところに災厄の源泉がある。

やがてこれが抑えきれずに降り注ぐ。雷は天の矢のように。風は地を掃くように。雨は洗い流すように。

彼らは天下四国を建て直そうとしているのに。天令が壊すというのか。

抑えきれなくなれば、自我を失い災厄を放出し続ける。そして気づいたときには殺伐とした荒野。

早く来い。

早く来て、私を央湖に沈めろ。

黒き翼よ、地上を救え。

そして飛牙よ……来るな。

第五章　天地循環

一

空と天は違う。

それでも天に語りかけるとき、空を見上げる。

もし、誰かが見上げたなら、呪われた気分だろう。なにしろ空に黒翼仙《こくよくせん》がいる。

このすかすかな翼ではおのれの身を支えるのもきつい。おそらく堕《お》ちた天令《てんれい》はそこまで知らない。自分を抑えるだけで手一杯のはず。

央湖《おうこ》のあたりから奇妙な稲光が見える。

あれはまるで逆さまの雷のようだ。天に向かって雷光が走っている。そこが那兪《なゆ》の居場所らしい。

(憐《あわ》れな子よ)

央湖の縁《ふち》で倒れている少年を見つけた。

その体から小さな光を放っていた。刺すような尖《とが》った光をちりちりさせている。体は痙攣《けいれん》を起こしたように、反り返っていた。

「那兪、お待たせしました」

「……もう始まってしまう、早く」

片手で鎖を差し出してきた。

「そうしよう」

弱々しい手から鎖を受け取り、彫られた呪文を確認する。これを少年の体に巻いて真っ黒い湖に沈めようというのだから、どれほど外道なのか。

(この子はただ頑張ってきただけだ)

実際はどれほど長い間、生きているのか。人ごときがこの子などというのもおこがましいが、見てくれは綺麗《きれい》で儚《はかな》い少年だ。どうしたって人の感情を揺さぶる。これでも人のはしくれなのだから。

「殿下に会いたくないか」

「別れは告げた」

那兪が何か話すたびに大きな雷が落ちた。山が震える。

「……急げ。災厄が溢《あふ》れてくる」

夜空は晴れているのに、稲光が走るのだから、恐ろしい光景だった。
鎖で少年の両手を繫《つな》いだ。両足も繫ぐ。
その間にも那俞の体はびくんびくんと痙攣を起こす。今にも爆発しそうになってい
る少年を起こし、細い体を抱きしめた。
人格を持った天の一部。長すぎる孤独な歳月は少しずつ彼を変えていった。
「あと少しこらえてくれ」
那俞は口から血を吐いた。天令に血があるわけではないだろうから、そのように見
えるだけかもしれない。
溜《た》めきれず湧き出してくるものを封じただけで、おさまるわけではないのだろう。
白目を剝《む》いてのけぞり、獣のような声で呻《うめ》いた。ついにはがりがりと鎖を囓《かじ》り始め
る。こういうことで刻まれた呪文が削られれば、那俞は大災厄を解放してしまう。急
がなければならない。
「そなたを巻き込んだ」
「夢のようですよ。この身が地上を護《まも》る。天令を沈める罪と引き換えとしても」
これで殿下は生きる。殿下が護った四国も生きる。安いものだった。
大鷲《おおわし》がやけにうるさい。群れをなしているのか。それもまた大災厄の前触れかもし
れない。

「宇春《うしゅん》、離れていなさい」

「嫌だ」

子猫は天令から離れていたが、人になり言う。

「悪いが、子猫一匹分の重さも減らしたい」

このとおりでね、と裏雲《りうん》は閉じていた翼を広げ見せた。

見るも無残な黒い翼は、かつての半分ほどしか羽が残っていなかった。残っている羽も多くが折れていて、飛べるようには見えない。

「……戻ってこい」

「約束できない」

天令を胸に抱き、しっかりと両腕で押さえた。暴れられると、弱った体に応《こた》える。折れた翼でふわりと宙に浮いた。腕の中の天令は暴れるが、あとはもう湖面の直前でこの手を放すだけだ。

抱きしめていると全身が痛んだ。天令の痛みが刺さるようだ。

「聞こえるか、那兪」

呼びかけてみたが、うなり声しか返ってこない。もはや那兪の意識は大災厄に呑《の》み込まれているようだった。

これが放出されれば天下《てんげ》四国《しこく》は終わる。暴れていれば鎖も長くは持たない。ゆっくりと降り立つように湖面に近づく。暴れられると翼に響く。央湖を拒むように天令もまた上昇しようとしているように感じた。

央湖から低い音がする。近づいてはならないという警告のように響く。正気をなくした天令は吠《ほ》え、頭上からは大鷲の羽ばたく音。

月明かりに照らされた天令の顔は歪《ゆが》み、とうとう肩に噛《か》みついてきた。

「すまないな」

湖面に近づいたところで手を放したが、天令は落ちない。鎖をしたままの手が裏雲の腕を摑《つか》んでいた。

堕ちたくない、落ちたくない――それが天令の本能なのだろう。央湖に沈むことを激しく拒む。

「……無理か」

抵抗は凄《すさ》まじく、裏雲の翼が大きく折れかかる。

（やっぱり……こうなるか）

仕方がない。覚悟していたことだ。

ならばこのまま共に沈もう。天令と心中するも一興。

落ちかけたとき、翼の一部を握られた。もちろん那俞ではない。上から摑まれたのだ。

「殿下……？」

やけに鳥の羽音がうるさいと思ったら、何羽《なんわ》もの大鷲に吊《つ》られた飛牙《ひが》が裏雲の翼を摑んでいた。

「誰が沈んでいいと言った」

必死な顔で言う。そのまま両脚を裏雲の腰にからめた。

「おまえら沈ませないぞ」

「そうは言っても……下がってきてないか」

大鷲が何羽いるのかよく見えないが、三人分の重さを支えきれずにいるようだ。このままだと、鳥ごと落ちる。

「これ以上、鳥を集められなかったんだよ。裏雲、羽ばたけ」

「私のほうも翼が折れている」

おまけに下では天令がぶらさがり、暴れている。

「那兪っ、俺を見ろ。堕ちた天令は道しるべだ、邁紗《まいしゃ》がおまえを導いたように。その役割がある。いつか天令が堕ちても大災厄を起こさずに済むように。天から堕ちようとも、おまえはこの地にまだいていいんだ。堕天じゃない、それはきっと循環だ」

飛牙は叫んだ。自分でも何を言っているのかわからなかったかもしれないが、それはなかなかいいところを突いている。

白目を剝いていた那俞の双眸《そうぼう》に色が戻る。

「……邁紗」

那俞が一言呟《つぶや》いた。

鎖で繫がれた少年の前に淡い桃色の蝶《ちょう》が舞っていた。これはあの泣き虫の堕ちた天令なのか。まだ蝶になる力が残っていたということか。鱗粉《りんぷん》が月に煌《きら》めく。

開いていた那俞の口に、蝶は仄《ほの》かな光になって入っていった。

その瞬間、那俞は笑った。

「……春は来る」

那俞はそう呟いた。

飛牙と那俞を見て、小さく肯《うなず》く。裏雲にしがみついていた手を放し、央湖へと落ちていった。黒い水は音も立てず〈光〉を飲み込む。沈むのではなく、還っていくのだと最後の表情が語っていた。

「那俞っ、行くな」

一人分の重さが消えたからか、大鷲たちは二人の男を引き上げていった。今、殿下はどんな顔をしているのか。振り返ることはできなかった。

（愛《いと》しい天令は黒い水に沈んでいった……）

地の底から響くような低い音も消えていた。いくつも広がっていた波紋も見えなくなり、月夜すら映さない央湖は何事もなかったように静まりかえっていた。

央湖の縁で二人の男は無言だった。

丸い月はすっかり西に傾いている。夜明けは近いのだろう。

鳥も暗魅《あんみ》も鳴かない静かな夜だった。すべてが終わったあとの静寂のようだ。天令を呑み込んだ央湖は黒く深い。

地上は救われたのか。

堕ちた天令の存在と引き換えに。

それはよかったのか。殿下はぼんやり央湖を眺めていた。央湖に入って那兪を捜そうとしたのを裏雲は力ずくで止めた。

殴り合いになったせいで、歯が一本折れた。殿下も唇が切れていた。本気で央湖に潜ろうとした男とそれを命にかえても止めた男は疲れ果て、泣くこともできず、今央湖を眺めている。

「俺は……どうしようもねえな」

殿下は央湖に小石を投げた。

「そのとおりだ。私も那兪も覚悟ができていたというのに。あんな反則でやってくるとはな」

「人に死ぬ覚悟させるのが嫌いなんだよ」

殿下が考えそうなことだった。

「堕ちた天令はこの世でもっとも崇高かもしれない。神がいるというなら彼らのことだ。天は天令を生む母……堕ちる天令がいることは織り込み済み。そのうえで乗り越え、地上の神となれと。それは今宵《こよい》成就した。大災厄を回避したのだから」

不思議なもので、裏雲は今、世界の真理に触れたような気がしていた。すっと何かが入ってきた錯覚があった。

「何を言って……おい、その翼……」

「ああ……折れたからか翼を戻せなくてな……これは？」

振り返った裏雲は背中の翼に驚いた。

昇ってきた朝日に照らされて、白い翼が見える。どこも折れていない、立派な純白の翼だった。

「……どうして」

幻ではないのかと後ろに手を伸ばす。指先に触れた翼の感触は柔らかく、羽毛のようだった。

「白翼仙《はくよくせん》になってるじゃねえか」

殿下が抱きついてきた。

「そうなのか」

「見ろよ、この翼。日が当たって眩《まぶ》しいくらいだ」

殿下が翼を摑むように撫《な》でる。簡単に抜けないのを確かめたかったのだろう。

「私が何故《なぜ》白翼仙になる？」

「天が認めたか、那兪の想《おも》いか……わかんねえけど、よかった」

強く抱きしめられて、裏雲もまた飛牙の背中に腕を回した。

「まだ……生きていていいということか」

「それどころか、おまえ俺より長生きするぞ。白翼仙って人より長寿だろ」

確かに手にかけた師匠侖梓《ろんし》もゆうに百歳を超えていた。黒い翼より軽く感じるのは罪が浄化されたからなのか。淀《よど》んだものが洗い流されたような気分だった。

「許されることはしていない」

「したんだよ。おまえは那兪と一緒に沈もうとした」

「だがしてない」

思っただけでしていないのだ。

「ほんとはどうにもできなかったら、俺が那兪と落ちるつもりだった。それしか那兪に報いられないからさ。その代わり裏雲が許されるなら、もうそれでいいって思って、急いで鳥をかき集めてここまで来たんだよ。おまえのほうが早かったけど」

「……馬鹿なことを」

「お互い様だ。でも、その馬鹿なりの頑張りを見てくれていたんだろうよ」

実際のところは天が殿下の功績を認めたのだ。我を目指せ、と殿下に伝え、殿下が応えた。その褒美が白い翼なのではないか。

天が始祖王たちを取り込んだというなら、当然殿下もまたその候補だろう。黒翼仙には関心がなくとも、その傍らにいた英雄には大いなる関心があったはずだ。そして殿下は大災厄を止めるために力を尽くした。

今、朝の空は晴れ渡り、雲一つない。那俞は大災厄を抱え込んで沈んでいった。

「だが……那俞を失った」

飛牙は首を振る。

「失ったかどうか決まってねえよ。また会えるかもしれない。央湖がなんなのかも、なんで邁紗があいつの口の中に入っていったのかもわかんないからな。最後の那俞の笑顔を見たか。あれはこれから死ぬ奴《やつ》の顔じゃねえ。肯いてみせたのも、なにか勝算があったかもしれない。天令様がそう簡単にくたばるかよ」

希望的観測とばかりは言えない。あの少年が最後に見せた表情は安堵《あんど》と別れだけではなかったように思える。そもそも天令が死ぬかどうかもわからない。

「ならば私も待とう——宇春、いるか」

呼びかけると茂みから猫が出てきた。

「聞いていただろう。とりあえず終わった」

猫は黙って肯く。

「まずは降りるか。鬍拾《ごしゅう》に邁紗のことを話しておかなきゃならないだろうし、事後処理ってのもあるからな」

「どんな処理だ」

「まず、丞相《じょうしょう》に鬍拾を赦免してくれって言わなきゃな」

「庚《こう》の残党を助けるのか。鬍拾って一人の男だ。庚王の弟だ」

「違うさ、鬍拾って一人の男だ。誰かのなんとかじゃねえ」

鬍拾も始末するべきだと思っていたが、殿下にそう言われてしまえば納得するしかない。

「それであの男も解放されるのか」

庚からも徐《じょ》からも命を狙われた男だ。

「邁紗のことは悲しむだろうがな」

「翼で降りるか？　今なら猫も殿下も運べそうだ」

「じゃ、頼む」

思うところはあれど、もう一度この腕に抱いて飛べるとは。

二人はその前に央湖を振り返った。光さえ呑み込む黒い穴に、胸の内で呼びかけた。また会おうと。

「春なんだろ」

二

天下《てんげ》三百十六年四の月。

燕《えん》国の春もまた素晴らしい。梅が終われば、桃の花、そして桜へと移る。その他にもたくさんの花が咲き、女王国に彩りを添える。

今年は少しばかり雪が消えるのが遅かったようだが、ここ何日かで春は満開になっている。

「のう、女人の官吏登用はどう進めればよいと思う？」

甜湘《てんしょう》は大きな腹を撫でながら、ううむと考え込む。

「さあな」

庭で小さな姫と戯れる亭主はまともに答えてくれなかった。

「飛牙は冷たいぞ」

「女王になるのは甜湘だ。俺はここでは宿六亭主、燕のことには口を出さないって決めているんだよ」

風蓮《ふうれん》を高い高いしながら答える。いい父親の顔をしていた。英雄様は暇なぐらいのほうが正しいを実践している。確かに英雄というのは非常時の保険のようなもの。今、気楽にしているのならそれが一番だった。いつかまた、飛牙に活躍してもらわなければならないときは来るだろう。世の中そんなに甘くはないのだから。

「それもそうか。うむ、わかった。私が母上や官吏たちと知恵を絞ることが肝心か」

王政に関わらない。そこは認めざるを得ない。徐の王兄殿下、越《えつ》の義兄殿下、駕《が》の名誉殿下でもある飛牙を燕の国政に関わらせれば、いささか面倒なことになりかねないのは事実。

寿白《じゅはく》殿下が夫だというのは、たぶんなんとなくばれている。公表はしていないが、大道芸の人気演目などになっているせいで、結局公然の秘密だ。だからこそ弁《わきま》えなければならない。

(地上に王は四人いる。だが、私の伴侶は四国のただ一人の存在)

央湖で大災厄を食い止めてから一年。今は月の三分の一くらいこの王宮にいてくれる。二人目の子も授かり、この夏に生まれる予定だ。こんなに幸せなのだから、細かいことはまあよい。

「このあとも有為《うい》と財政難のことで話し合うんだろ」

「そうなのだ。有為の頭の中は国の懐具合でいっぱいだ。何か新しいことをしたいというとすぐにこれだけかかると計算してみせる。桃源祭のようなことができないかと提案したらげんなりする数字を見せられた。だが、祭りにはかなりの経済効果もあると思わぬか」

「まあな。でも、それも俺が口出すことじゃねえ」

なかなか守りが堅い。

「砂漠の緑化だが——」

「それも口出さない」

実に徹底している。

「でも、飛牙は丞相に頼んで庚王の弟を赦免させたりしていたぞ。徐ならいいのか」

「鼬拾とはもうダチみたいなもんだ。今は地仙《ちせん》になってる」

徐の外れの村で子供に勉強なども教えているという。庚への恨みも乗り越えて、互いを認め合っているようだ。

「この間は越の王から策を求められていなかったか」

「余暉《よき》は義兄弟ってことになっているからな。でも、答えてない」

越の余暉王から「私の義兄弟をよろしくお願いします」と甜湘の元に親書が来た。

妻の自分が何故よろしくされたのか、ちょっと納得いかない。

「亘覧王《こうけん》とはちょくちょく会っているそうだな」

「そりゃまあ、弟だからさ」

確かに一度会談でお目にかかった亘覧王は可愛《かわい》らしい方だった。大切に想うのもわかる。

「王母陛下はたいそう魅力的な方とか、丞相閣下の孫娘とも親しいと漏れ聞いた」

「誰だよ、そんな話したのは」

「裏雲殿だ」

飛牙は顔を片手で覆った。

「駕の王后《おうごう》から世話になったと、よく礼状がくるようだが。麗君《れいくん》様はしとやかで大変お綺麗だと聞く」

この際とばかりに気になっていたことも突っ込んだ。

「旅してると知り合いも増えるんだよな。それも楽しみではあるんだが」

もちろん、我が夫を疑っているわけではない。ただちょっとだけ、釘《くぎ》を刺しておきたい気持ちもある。なにしろどこか脇が甘い。

「私だって悩みは多い。家庭のことなら相談してもいいか」

「何かあるのか」

相談に乗ってくれるらしい。

「うむ。さっそくなのだが昭香《しょうこう》が虞淵《ぐえん》でなければ結婚しないと言っておる。どうしたものか」

これにはさすがの飛牙も振り返った。昭香は我が妹、胤《たね》の制度がなくなり縁談はひっきりなしに涌《わ》いてくる。それを断り続けていた。

「虞淵？　虞淵とそんな仲なのか」

「うむ。まあ、昭香のほうが押しまくっているのだが」

もちろん虞淵も心憎からず思っているだろう。その様子は見てとれる。だが、なんといっても立場が違う。

「虞淵は大人しいからな。しかし、いいのか、あれでも元暗魅の蜥蜴《とかげ》なんだが」

「そこなのだ。果たして結婚していいものなのか。いつか姿形が元に戻らないとも限らないわけだから、私も諸手《もろて》を挙げて賛成していいものかどうか」

王女の婿はむしろ王政から離れているほうがいい。家柄に文句を言われれば、どこかの養子ということにしてしまう手もある。だからそこはいい。しかし、元暗魅との間に子供は生まれるのか、生まれたとしてそれはどのような子なのか。おそらく虞淵のほうもそこがわからないので二の足を踏んでいるのだろう。

「昭香は可愛い妹だ。もう傷ついてほしくない」

「うーん、なるほどなあ。でも、昭香は知ってるんだろ」

こくりと肯く。

「虞淵が話した」

「それでも結婚したいってんならいいんじゃないか。人柄は保証するぞ」

飛牙が太鼓判を押した。元々人柄のいい暗魅だったらしい。

「暗魅でも人花《じんか》は違うのだな。元々半分人なのだろうか」

「どうかな。まあ宇春もいい奴だが」

「徐の王母陛下を助けた素晴らしい猫なのだろう」

腕を組み、空を仰いで考え込む。

「そうか、ならいいか。そもそも燕では魄奇《はくき》になったらしい女王もいたのだから、王女が暗魅と夫婦になってもたいしたことではないな。それに虞淵は今、飛牙個人の世話係だ。官吏でもなく、逆に王政との縁故もない。わかった、昭香の想いを優先させよう。私から母上に話してみる」

納得して腹を撫でた。ちょうどお腹《なか》の中の子が盛んに動き回っている。

「とりあえず家庭のことは解決だな。じゃ風蓮、良い子でな」

娘をおろし、代わりに荷物を担ぐ。また出かけるらしい。

「また行くのか」

英雄夫は乳兄弟の白翼仙のところに行ったり、行方不明の天令を気にかけたり今も動き回っている。そっちはそっちで大切という厄介な夫だ。だが、そういう飛牙が好きだ。大災厄をともに乗り越えた友ならば仕方ない。

「そろそろ、那兪が現れそうな気がしてるんだよ。春だし、そういう風が吹いているる」

甜湘は目を丸くした。

「わかるのか、さすが想い合っていると違うのだな」

「いや、わかるってほどでもないけどさ。一年たったし、そう思いたいのかな」

宥韻《ゆういん》の大災厄は二百日続いたという。裏雲が言うには――

『吐き出すのにそれだけかかるのかもしれない。なら央湖に落ちて一年をめどに考えてみてはどうか』

かつて黒翼仙だったという白翼仙の考えだ。なにやらいろいろ経験した分、知識と考察力はすごいらしい。たいそう美しい男だが気になることもある。

飛牙を連れていくとき、ちょっと優越感に満ちた目で見られているような気がするのだ。たぶん、気のせいだとは思うが、もしかして張り合われているのだろうか。

「天令殿に会えるとよいな。で、どこに現れるのだ」

「まずはやっぱり別れたところに行くのがいいんじゃねえかな。いなかったらちょっと四国を捜してみる」
こんな調子だから一度出たらなかなか戻ってこない。
「見つけたら、ここで暮らしてもらってはどうだ。天令殿の知恵があれば
「堕ちた天令が一国の城に留まるのもまずいだろ。四国の均衡は大事だ。堕ちてもた
ぶんそのあたりは干渉を嫌うと思う」
「ふむ。そこは天令か。まあよい、行ってまいれ。一度くらい顔を見せてくれと天令
殿に伝えてくれ」
普通にこんな話をしていると本当に見つかりそうな気持ちになってくる。飛牙が生
きていると言うならきっとそうなのだ。
「おう、言っておく。あ、来たな」
飛牙は空を見上げた。
東の空の向こうに白翼仙を見つけたのだ。あの綺麗な翼の男は普段猫の暗魅ととも
に央湖の山で暮らしているらしいが、たまにこうして飛牙を連れ去っていく。憎たら
しいが、それも仕方がない。
彼らがいなければ飛牙に出会うことはなかった。
「裏雲、ここだ」
手を振ると、すぐに降りてきてとんと飛牙の目の前に立った。

「予感がある。行こうか」

白い翼が日を浴びて輝いていた。侍女たちが柱の陰からこっそり見つめている。女たちの憧れの的だが、本人はどうでもいいらしく飛牙しか見ていない。白翼仙とはいえ、王宮の中に自由気ままに出入りしている。

「裏雲殿、ごきげんよう」

「これはこれは奥方様。お腹のお子様も元気なご様子」

「うむ。そなたも息災でなによりだ。この子が生まれたら、知の聖者たるそなたに名付けを頼んでもよいか」

裏雲の片眉が上がった。

「は……なるほど、賢夫人はそうきますか。ええ、お引き受けしますよ。それではご亭主を貰《もら》っていきます」

飛牙を優しく両手ですっと抱き上げると、そのまま空へ昇っていった。それを小さな娘がきゃっきゃと喜んで見上げている。

(やっぱり……張り合われている)

それは感じた。だが、まあいいかと甜湘は空に手を振った。夫婦でもお互い領域がある。甜湘は燕国を統べるし、飛牙は世界を回る。

夫が大好きな天令に会えることを心から祈った。

*　*　*

どこまでも空が澄み切っていた。

前に飛んだときはしがみついていたが、近頃は花嫁でも抱くようにして運ばれている。裏雲は重いかもしれないが、悪くない飛び心地だ。

「殿下の妻はある意味見事だな」

「俺もそう思う」

甜湘は人を悪いほうに思わない。少しばかり考え方が違う者としてとらえる。もちろん統治者としてはまずいこともあるだろうが、そこは有為のような海千山千の官吏もついている。なにより甜湘には毅《き》然《ぜん》と決断を下せるという天賦の才がある。

「次の子の名前か。それを考えるのは楽しそうだ」

「男なら悧諒《りりょう》でもよくないか」

「その名は縁起が悪そうだ。苦労したからな。特に甜湘殿の癇《かん》に障りかねない」

「あ、あんまり俺が誰かと親しいとか甜湘に話すなよ」

「おや、焼き餅を焼かれたか。それは愉快だ」

人の悪い笑みを見せた。

「やっぱり、わざとかよ」

「当然のこと。私だけがやきもきするのは納得できないからな」

「白翼仙になってもそこは変わらねえな」

これ以上この話をすれば、甜湘どころではない釘を刺されそうだ。話を変えることにする。

「越では遷都の最中らしいな。進んでいるのか」

「この間見物に行った。一の宮はなかなか優秀だ。若い王が薬草研究に熱中できるほど実務に長《た》けている。今、王太后は左うちわさ」

「そりゃよかったわ。おばちゃんも苦労した甲斐《かい》があったな」

若くして他国に嫁ぎ、酸いも甘いも噛み分け生きてきたであろう大叔母の幸福な老後を願わずにいられない。

「燕も越も駕の資源を狙っているから、駕の王も気を引き締めているようだな」

「蒼波《そうは》は人が好《よ》さそうだったからな。そのくらいでないと」

駕国の北部は資源の宝庫。各国から熱い視線が注がれているところだ。

四国のことなら裏雲はたいてい知っている。おそらくこの世で一番の観察者だ。それがまた楽しいらしい。

「なあ、予感があるって言ったよな」

もちろん那兪のことだ。

「央湖に波紋ができている。少しずつ大きくなってきているのだから、何かあると思って間違いなかろう」

「そりゃ何か出てきそうだな」

正直、飛牙にも自信があったわけではない。那兪を失ってからしばらくは塞ぎ込んでいた。

自分がいなければこんなことにはなっていない――その呪いは城を追われた子供のときからのものだった。

だが、あるとき翩拾から言われた。

『邁紗はどうしていいかわからないまま地上を彷徨《さまよ》っていたが、那兪のことで気づいたようだ、堕ちた天令の役割に。やたら眠ったり泣いたりしていたのは、そういう心の揺れからだろう』

飛牙もずっと思っていたことだ。天令の意味とは。堕ちた天令は不良品なのか。

那兪が沈んでからこの一年。大きな天災もなく、どの国も落ち着いていた。飢骨《きこつ》も現れていない。本当ならば大災厄が起きていたのだ。

「沈んだものは沈んだ。夢を見ない男だったが、私もこうして翼の色が変わった。天令は死なないのだから尚更《なおさら》だろう。この顚末《てんまつ》を見届けたいのだ。白翼仙とは知識には貪欲なものだな」

「なあ、考察があるんだろ。聞かせてくれよ」

「これから堕ちた天令が現れるかどうかというのに、それを聞くのか」

「答え合わせができていいだろ」

外れたら笑う気か、と裏雲は少し嫌な顔をした。

「央湖に着くまでまだ間がある。語ってやろう。天令とは災いに打ち込む楔《くさび》ではないかと思っている」

「どういう意味だ?」

「始祖王が天にいたな。おそらく殿下も死ねば天に昇るだろう」

「面倒だな、それ」

死んでからまで何かしなきゃいけないのだろうか。

「面倒でもそういうことだろう。天はそのつもりで殿下に接触したのだろうから。そういった者たちで天が作られているとする。それに比べ天令とは天から生まれたものだ。地上と天を繋ぐ」

「そうなんだろうな」

「天令こそが天かもしれない。彼らがいなければもっと地上には天変地異が多いとしたら、一人堕ちればその分災いは増える。だが、那兪は食い止めた例になった。止められるということだ。恐れに打ち勝ち央湖に沈むことで。沈むためにはあれだけやらなければならない。おそらく邁紗がいたから叶《かな》ったことだ」

「宥韻の大災厄の教訓が、四国を救ったか」

「歴史に学べてよかったな」

抱っこされながら、うーんと唸《うな》った。黒翼仙から白翼仙になった男だ。見えているものは多いのだろう。

「俺なんかよりよほど裏雲のほうが天に近いんじゃないか」

「そうだな、今なら殿下を連れ天まで飛べそうな気がする。ただ困ったことに妻子持ちだ。まったく……」

後宮など持たなかったが、若干それに近い状況にあるような気がする。それについては考えないことにしておく。

「死んでから行くっていうなら今行かなくていいさ。ほら、央湖が見えてきた」

人に運ばせて、飛牙は指さした。

確かに波紋が広がっている。あの光さえ映さない央湖に煌めきが見える。それが波紋の中心だった。

「はは……あいつ来たわ」

波紋の中心から一条の光が空へと走る。

「ああ、戻ってきたようだな」

央湖の奥深く、災いを鎮め、堕ちた天令は帰ってくる。

天令は天にあっても地にあっても、こうして動く。堕ちた天令は何百年か後に堕ちかけた天令を導く。それがようやく形になった。

「これを天地循環と呼び、書物に残そう」

「かっこいいな、それ」

やがて光が消え、央湖の上に青い蝶が舞っているのが見えた。春の日を浴びて、世界を祝福するかのように輝いている。

「那兪っ、遅えぞ」

蝶を迎えに行く。

終章

何千回目かわからない春が来た。

天下《てんげ》五百六十六年。早かったのか遅かったのか、わからない。

また危機が来るのかもしれない。それを感じていた。だが、案ずることはない。私はどうするべきか知っている。

堕《お》ちた天令《てんれい》ではない。役目が変わっただけだ。

天を構成する魂に変化があったせいか、嘆いてはいない。天もまた生きもの、そう思えばむしろ嬉《うれ》しかった。

あのとき、邁紗《まいしゃ》は私の中に入り、私は央湖《おうこ》に沈んだ。すべてが真っ黒くて、どこまでも落ちていく。だが、それは苦痛ではなかった。

意外にも優しい闇だったから。

そのまま永遠にそこにいてよかった。それでも私は循環した。央湖は地下から無数の水脈に繋《つな》がり、あまねく天下四国《しこく》を潤していた。泉になり川になり、田畑の水にもなった。那兪《なゆ》は水に溶け旅をし続け、約一年で帰ってきた。

光となって湖面を出て、蝶《ちょう》の姿で舞っていた。

私は愛する者に迎えられた。抱きしめられ、髪をぐしゃぐしゃにされ、笑って泣かれた。

その輝きももう時の彼方《かなた》。結局私はすべてを見送る。

だが、それもまた天地の形。

邁紗は天に戻り、私は地に残った。天令は堕ちるもの。職務に忠実でありながら地上の悲しみに胸を痛めたということ。

次に堕ちる天令を私が支えよう。そして邁紗がしてくれたように導こう。そのためにここにいる。

天下四国は続いているが、時に天災もあれば飢饉《ききん》もある。そこから大きな乱になったことも何度かあった。

飢えは消えない。

血は流れる。

世の中なんてたいして変わらない。

人が入れ替わっているだけかもしれない。だとしても堕ちた天令の意義は見つけた。大災厄を起こさないすべも知った。

いずれ邁紗のように天に戻れば、頑《かたく》なな天に変化をもたらすこともできる。あの愛《いと》しい魂にも会える。

それまで土産話を増やしておこう。あやつの曾孫の一人が駕《が》に輿入《こしい》れして子供を十五人産んだ話、その十五人の一人がついに地中から草水《くそうず》を汲《く》み上げる方法を編み出したこと。亘覧《こうけん》の孫は米の品種改良に尽力し、干ばつに強い稲を世に送り出した。越《えつ》では金鉱を掘り当て、城の屋根まで黄金にしたなどと、なかなか面白い話もある。

人の世は悲喜こもごも。

さて、徐《じょ》国の桃源祭でも見物に行こうか。

本当は那兪祭りだ、我こそは大手を振って見物してもいい。

咲き乱れる桃の花を愛《め》で、名物も食べて、人間の小娘と話してみようか。徐の王都は五十年ぶりになるから誰に見つかっても心配はいらないだろう。

いずれ天に戻り、その中枢になるというなら、今のうちに存分に地上生活を楽しんでおかないと損だ。これもまた土産話になる。

次に堕ちるのは思思《しし》あたりか。

せいぜい偉そうに迎えてやろう。

央湖は苦難を乗り越えて沈む天令なら拒みはしない。循環して天か地上に戻す。安易に堕ちず苦しんで堕ちろ。あの高慢な天令にそう言ってやるのだ。

「私がついている」と。

人のように歩いて、王都泰灌《たいかん》へと向かう。

間男の与太者は傍らにいなくとも、奴《やつ》とその友たちが護《まも》った四国はまだまだ終わりそうにない。


〈了〉

本書は書き下ろしです。

|著者| 中村ふみ　秋田県生まれ。『裏閻魔』で第１回ゴールデン・エレファント賞大賞を受賞し、デビュー。他の著作に『陰陽師と無慈悲なあやかし』、『なぞとき紙芝居』、「夜見師」シリーズ、「天下四国《てんげしこく》」シリーズなど。現在も秋田県在住。

永遠《とわ》の旅人《たびびと》　天地《てんち》の理《ことわり》

中村《なかむら》ふみ

講談社文庫
定価はカバーに
表示してあります

2020年８月12日第１刷発行

発行者――渡瀬昌彦
発行所――株式会社　講談社
東京都文京区音羽2-12-21　〒112-8001
電話　出版（03）5395-3510
　　　販売（03）5395-5817
　　　業務（03）5395-3615

Printed in Japan

デザイン―菊地信義
本文データ制作―講談社デジタル製作
印刷―――豊国印刷株式会社
製本―――株式会社国宝社

ISBN978-4-06-520379-8

講談社文庫刊行の辞

二十一世紀の到来を目睫に望みながら、われわれはいま、人類史上かつて例を見ない巨大な転換期をむかえようとしている。

世界も、日本も、激動の予兆に対する期待とおののきを内に蔵して、未知の時代に歩み入ろうとしている。このときにあたり、創業の人野間清治の「ナショナル・エデュケイター」への志を現代に甦らせようと意図して、われわれはここに古今の文芸作品はいうまでもなく、ひろく人文・社会・自然の諸科学から東西の名著を網羅する、新しい綜合文庫の発刊を決意した。

激動の転換期はまた断絶の時代である。われわれは戦後二十五年間の出版文化のありかたへの深い反省をこめて、この断絶の時代にあえて人間的な持続を求めようとする。いたずらに浮薄な商業主義のあだ花を追い求めることなく、長期にわたって良書に生命をあたえようとつとめるところにしか、今後の出版文化の真の繁栄はあり得ないと信じるからである。

同時にわれわれはこの綜合文庫の刊行を通じて、人文・社会・自然の諸科学が、結局人間の学にほかならないことを立証しようと願っている。かつて知識とは、「汝自身を知る」ことにつきていた。現代社会の瑣末な情報の氾濫のなかから、力強い知識の源泉を掘り起し、技術文明のただなかに、生きた人間の姿を復活させること。それこそわれわれの切なる希求である。

われわれは権威に盲従せず、俗流に媚びることなく、渾然一体となって日本の「草の根」をかたちづくる若く新しい世代の人々に、心をこめてこの新しい綜合文庫をおくり届けたい。それは知識の泉であるとともに感受性のふるさとであり、もっとも有機的に組織され、社会に開かれた万人のための大学をめざしている。大方の支援と協力を衷心より切望してやまない。

一九七一年七月

野間省一